宝の地図をみつけたら

大崎 梢

幻冬舎文庫

宝の地図をみつけたら

金色に輝く雲と地に眠る黄金。甲斐《かい》の国には昔からふたつの金がそばにあり、
ほとんどの人が雲だけで満足するのに、一部の者が地中に囚《とら》われる。
あともう少し、もう少し。
この次はこの次は。
先人たちも唱えてきただろう言葉が、呪いの言葉でないことを祈りながら。

〈目次〉

東京・伯斗

その男をみつけたのは偶然ではない。必然だと、伯斗《はくと》は思った。

メールを何度も入れたが返事はなく、気になってアパートを訪ねた。不在だったので、男の行動半径を思い浮かべながら渋谷に出た。よく使っていた定食屋やクラブ、ゲーセン、居酒屋、パチンコ店をぐるりとまわり、雑貨屋の角を曲がって大通りに出た。

電話してみようか。ポケットをまさぐっていると、道路を隔てた向こう側の歩道を、人にぶつかりながら急ぐ人影があった。点滅し始めた青信号を渡り、こちらにやってくる。

顔を見て、伯斗は微笑《ほほえ》んだ。いたいた。みつけた。

けれども男の形相は気安く声をかけられるようなものではなく、ときどき振り向いては血走った目で背後をうかがう。伯斗の前を行き過ぎ、数軒並んだ店舗の中からファストファッションの店に飛び込んだ。

たった今、男のいた歩道には、見るからに柄《がら》の悪そうな連中が現れる。通行人を蹴散らしながら何か叫び、横断歩道を指差す。次の青信号で渡ってくるようだ。あれから逃げてきたにちがいない。

ファストファッションの店に入ると中は思ったよりも広かった。秋冬物の商品が所狭しと並べられ、派手なディスプレイもそこかしこで展開されている。隠れるにはうってつけのようでいて、出入り口はひとつきりだ。二階から上はちがう店らしい。エレベーターや階段の類はフロアに見あたらない。入り口を押さえられたら、袋のネズミではないか。

奥まで進むと目当ての男が陳列ケースの陰に身を寄せていた。平日の夕方、買い物客のほとんどが女性だ。くたびれたカーキ色の上着を羽織ったぼさぼさ頭の男は、ただいるだけで目立ってしまう。

伯斗はゆっくりまわり込み、横から声をかけた。

「中島さん」

相手は悲鳴を上げるほど驚いた。

「どうしたんですか。中島さんもこういう店で服を買うんですか。ちょっと意外というか」

「しっ」

唇の前に人さし指を立て、腰を屈《かが》めるように手で合図する。

「なんでおまえがここに」

「買い物ですよ」

見ればわかるでしょうと言わんばかりに、しれっと答えた。中島は顔を歪《ゆが》め、伯斗の腕を掴《つか》んで引き寄せた。すえた臭《にお》いが鼻をつく。何日も風呂に入っていないのだろう。口臭もひどく、顔には脂が浮かんでいる。

「やばいことになってるんだよ」

「は？」

「追われてるんだ。おまえ、手を貸せ」

女の子たちの「きゃあ」「やだ」という声が聞こえてきた。入り口付近が騒がしい。男たちが乗り込んできたのかもしれない。

中島は逃げるどころかその場にうずくまりそうになる。伯斗は力任せに引き上げ、追い立てて試着室の中に押し込んだ。カーテンを閉めると、自分は手近にあった女性用の上着やら鞄《かばん》やらを腕に抱える。女の子の試着を待っている男を装う。

間もなく連中がやってきた。伯斗だけでなく、ぴったり閉じたカーテンをも睨《ね》めつけたが、着替え中の彼女を守るように立ちはだかると、男たちは舌打ちして他を捜し始めた。店員に注意され、「なんでもねぇよ」と捨て台詞《ぜりふ》を吐いて引き上げていく。

となりの店も調べるのだろう。伯斗は手にしていた商品をもとに戻し、自分のパーカを脱いで試着室に放り込んだ。着替えるように声をかける。待っている間にニット帽とサングラスを買い、出てきた中島に渡した。

変装というより目くらましだ。思い切って外に出て、きょろきょろせずに店から離れる。帽子を被《かぶ》った中島にへばりつき、彼が急ぎ足にならないよう腕を押さえて歩いた。

「いったいどうしたんですか」

渋谷から原宿に出て、ここまで来れば大丈夫と思えたところでハンバーガーショップに入った。出入り口は複数ある。

隅の席を選んで座り、アイスコーヒーをすすり、好奇心旺盛の大学生のままに身を乗り出した。

「やばいことってなんですか」

「裏切ったんだ」

中島はそう言った。

「横取りしてやった。あれはおれのものだ」

「あれ？」

「さっきは助かった。ありがとな。あそこで捕まったらおれは……」

思い出したのか身震いし、手にした紙コップを揺らす。

「なんでもない。おまえとはここまでだ。もう関係ない。おれにかまうな。たしか、いいとこの大学に通っていたよな。お坊ちゃまなんだろ。おれとじゃ住む世界がちがう。これ以上、首を突っ込むな」

「裏切ったってどういうことですか」

「おれは、おれの人生を変える」

自分に言い聞かせるような、鬼気迫る形相でテーブルの一点をみつめる。

「待ってください。もうすでに追いかけられているんですよね。例の連中なら、ものすごく危険じゃないですか。これからどうするんですか」

「心配するな。おれにだって仲間がいる。あいつらみたいなのじゃないよ。ほんとうの味方だ。おれを絶対に裏切らない。信用できる。だから大丈夫だ。なんとかなる」

そう言われてひとりだけ、伯斗の脳裏に浮かんだ顔があった。

色白で暗い目をした陰気そうな男だ。

「その仲間って、今どこにいるんですか？　呼び出して、ふたりで行動した方がいいんじゃないですか」

「もう、東京にはいない」

いない?

「横取りしたものはあいつに託した。どこかは言えないよ。誰も知らないところだ。誰ひとり行き着けない、遠い遠いところさ」

中島は放心したように肩の力を抜き、視線を宙にさまよわせる。伯斗は心の中でつぶやいた。

それがもしもおれの探している場所ならば。

行かせない。

あそこはおまえらがうろついていい領域ではない。汚い手で触るな。

追いかけよう。今すぐ。そうだ、明日にでも。

思うそばから、さっきとはまったくちがう顔が懐かしくよぎった。陰気なところなど少しもない。昔から愛嬌《あいきょう》があって、思っていることがすぐ顔に出て、一本気。幼なじみの顔だ。

できることならば会いたくない。今の自分では関係を持ちたくない。でも。

伯斗の視線は西の空へと向けられる。縁を金色に光らせた雲が浮かんでいた。あの雲の遥《はる》か先に故郷の山々が横たわり、東京よりもひと足早く、秋の色に染まり始めているだろう。

一章　突然の来訪者

甲府駅から北に向かってまっすぐ延びる武田通りを、晶良《あきら》は自転車で上っていた。坂道の途中で降りて、あとは押して歩く。バイト先から大学までは自転車だと十分足らずの距離だ。出なくてはならない四限目の授業は東キャンパスのA号棟。

駐輪場から校舎に向かって歩いていると名前を呼ばれた。

「晶良くん」

見ればサークルの先輩だ。一学年上の、カノコ先輩こと佐藤可乃子が、胸に数冊の本を抱えて立っていた。痩せて猫背でうつむきがちで、ただでさえ小さな顔を黒髪で覆い隠している。眼鏡《めがね》までかけている。見えている部分はとても少なく、口数も少ない。

日頃から表情を読むのがむずかしい人だけれど、頬がゆるんでいるところを見ると微笑んでいるのかもしれない。

「ごめんね。急いでる？」

うだ。

「え、もしかしてアレ？」

一瞬にして顔つきが変わるのが自分でもわかった。アハハと高らかに笑い出してしまいそ
「この前借りた漫画ね、面白いみたい」

「いいえ。大丈夫です」


カノコ先輩が高校時代の友だちと一緒にファミレスにやってきたのが一週間前。バイト中の晶良はおしぼりや水をテーブルに持っていき、間近でその友だちの顔を見るなり固まった。目を見張るレベルの美人だった。

これまでも、そういう男たちの反応はよくあることだったのかもしれない。カノコ先輩が落ち着いた声で「この子ね」と言った。

「こいひめなの」

ぼんやり立ち尽くして数秒。数十秒だったかもしれない。山梨県民たるもの「こいひめ」と言われて浮かぶ「こい」の漢字は、鯉《こい》でも恋でも濃いでも故意でもなく、湖衣だ。晶良は断固としてそう思うが、まわりには何それと怪訝《けげん》な顔になる人間が増えていて嘆かわしい。

「湖衣姫の末裔《まつえい》？」

「まさか」

「ですよね」

姫と呼ばれた人の悲運の生涯が、走馬灯のように蘇《よみがえ》る。見てきたわけではないが。

「来年の湖衣姫に選ばれたの」

甲府市内では春先に「信玄公祭り」なるイベントが催される。川中島の合戦に出陣した甲州軍団の雄姿が再現され、風林火山の旗印の下、武田二十四将を中心に甲冑《かっちゅう》姿の武者が市内を練り歩く。その数、千五百人とも言われている。沿道ではかがり火が焚《た》かれ、蹄《ひづめ》の音が鳴り響き、色とりどりの甲冑がひしめく壮大な歴史絵巻だ。そこに花を添えるのが信玄公ゆかりの女性たち。

中でも諏訪《すわ》頼重《よりしげ》の娘、諏訪御料人《ごりょうにん》と呼ばれた側室は、のちに破滅的な最期を遂げる武田勝《かつ》頼《より》の生母に当たる。実名は不明だが新田次郎の作品から「湖衣姫」と呼ばれ、大変な美人だったという言い伝えがある。そこでコンテストによって毎年、一般の中から「湖衣姫」が選ばれる。ミス風林火山とも言うべき存在だ。

「このウェイター君、カノちゃんの知りあい？」

現代のお姫さまが口を開く。

「そうなの。坂上《さかがみ》晶良くん。サークルの後輩」

「だったらカノちゃんみたいに歴史に詳しいのかな」

「うん。でも晶良くんが詳しいのはどちらかというと、ま——」

カノコ先輩が辛うじて途中で止めた「ま」。それを耳にして晶良は現実に引き戻され、あわてて水滴のついたグラスをふたりの前に置いた。ご注文が決まりましたら呼んでくださいと微笑んでテーブルから離れた。

しばらくして手招きされて行ってみると、湖衣姫は歴史に疎《うと》いとのことで、女の子にもわかりやすいおすすめの歴史漫画はあるかと聞かれた。

教室の一番後ろ、空いている席に腰かけて、机の上に教科書やノートを出しても顔のゆるみはなかなか止められない。

「湖衣姫のお役に立つなんてね」

光栄だ。晶良が貸した漫画は初心者にもとっつきやすく、面白かったらしい。続きも読みたいと言われ、ひょっとして再会できるかなと考えてみる。美人だけれど気取ったところのない人だった。想像しただけで気持ちが華やぐ。

史実のお姫さまは、息子に負けず劣らず薄幸のまま短い一生を終える。四月のお祭りのときのように、笑顔で民衆に手を振ることはなかっただろう。それとも生まれた子どもを信玄公が喜び、その様子に心を和ませるひとときがあっただろうか。姫の両親を死に追いやったのは他ならぬ武田軍、信玄公だけれど。

「なんだよ、さっきからへらへらしたり、しょぼくれたり」

ふとよぎった感傷を押しのけるようにして、顔なじみの男がとなりに座る。

「なんでもないよ。綺麗《きれい》なお姫さまのことを思っていただけ」

「キモっ」

「失礼なこと言うな。湖衣姫さまだぞ」

「キモいのはおまえだよ。お姫さまがどうした」

トレッキング同好会の吉井だ。山歩きは好きだけれど、標高の高い山に挑戦する本格的な登山よりも、コマクサやヤマユリの写真を撮り、眺めのいいところでコーヒーを飲むのを趣味としている。だらしなく伸ばした髪とまばらな無精髭《ぶしょうひげ》に加え、水色の眼鏡フレームをおしゃれと信じてかけ続けているところがたまらなく胡散《うさん》臭い。

コマクサよりも山ガールに関心があるのは周知の事実だ。

バイト先で美人に出会い、漫画を貸した話をすると、ずりーずりーと騒ぐ。

「なんで言わなかったんだよ。隠していたのか。信じられねえ。友だち甲斐《がい》のないやつ。会いたいのはおれだよ。会うべきだし。なんたって、おれは信玄公祭りの関係者だよ。ということは、姫を守る家臣のひとりじゃないか」

「会場係のボランティアだろ。パイプ椅子をせっせと並べたんだよな。雑兵《ぞうひょう》ですらない。第一、ボランティアは今年の春じゃないか。おれが会ったのは来年の湖衣姫だ。ぜんぜん関係ない」

「固いこと言うなよ。野暮なやつだな」

吉井に言われたくない。

「ま、おまえに頼んでもどうせ無理だろう。カノコ先輩に直接頼もう。おれ、カノコ先輩のファンでもあるんだ」

「なんで」

「失礼なやつだな。いいじゃないか。いつもすっぴんのノーメイクで、怪訝そうに顔をしかめて眼鏡かけて、ぺったんこの靴。黒や灰色のだぼっとした服装。西洋の魔女っぽいのに日本史に詳しい。武田二十四将のフルネームが言えるんだよな。家康や信長の誕生日、趣味、食べ物の好き嫌いまでよく知っている。美人の友だちがいたとは恐れ入ったよ。まさか、その湖衣姫まで、歴史マニアだったりするのか？」

「そうでもなさそうだ。カノコ先輩がサポートしてる」

「埋蔵金は？」

カノコ先輩が「ま」だけで止めた言葉を、吉井はあっさり口にする。

「知らないよ」

「あるわけないな、興味。そんなの決まっているか。もしも目の色を変えてる男がいたら、どん引きだぞ。うっそー、何それ、やっだー、信じられなーい、って」

「うるさい。やかましい。よそに行け」

今どき鉄道や歴史はまだいい。女の子の食いつきもある。でも、埋蔵金はやばい。雀荘《ジャンそう》やパチンコ店に入り浸る男と同類に思われるのが落ち。イメージはまんま、一攫千金《いっかくせんきん》を夢見る山師だ。一か八かですべてを失う博打《ばくち》野郎と、さんざん罵《のの》しられてきた。

「目の色なんか変えないよ。おれはフツウの歴史好きでもあるんだ。武田二十四将くらいだいたい知ってる。よけいなことをよけいなところで言うなよ」

「わかった。よし。言わないと約束してやろう。だ・か・ら、金曜日の夜は付き合えよな。埋蔵金の話にさえならなければ、おまえはほら、いいお友だちでいましょうタイプの男だろ。合コンにうってつけの安全パイ」

「絶対に行かない」

「断って、埋蔵金探しか。いい加減に目を覚ませ。足を洗え」

「ちげえよ」

足で蹴ってやると蹴り返される。肘で小突き合っていると、いつから教壇にいたのだろう、教授から鋭い叱責《しっせき》が飛んできた。

＊

身が入らないまま授業が終わり、「頭数が〜」「友だちだろ〜」と絡んでくる吉井をかわして、晶良は西キャンパスにある部室に向かった。

正門から出て通りを横断し、円形広場を突っ切って、図書館の脇の通路を抜けていく。グラウンドの手前を左に曲がると、各サークルの部室が押し込められた棟がある。郷土史研究会は三階の奥だ。

鞄の中にある資料を返したらすぐ帰るつもりだったが、部室のドアを開けたとたん、いつにない出迎えがあった。

「来た来た、よかった」

「今、電話しようとしていたとこだよ。おまえに客があってさ」

「シュッとしてたぞ。シュッ」

ガタイのいい先輩が吹き矢を吹くように言う。携帯を手にした同級生は欠けた前歯でニカッと笑い、部室にいた女性の先輩は窓辺でうろうろしている。

郷土史研究会は、学校の創立と同じだけの歴史を持つ由緒あるサークルなので部室を与えられているが、正式に所属しているのは院生を含めても八人という小さな所帯だ。今年二年生になった晶良は、春の新歓コンパで自分なりに頑張ったものの、見学に来た三人のうち残ったのはひとりだけ。このところ顔を見ないので、そのひとりも怪しい。

「客って、うちの学生ではなくて？」

「部外者だよ。ここらにはいない人材だ。都会に流出してそれきりのパターン」

「晶良くんの幼なじみだって」

「あれで同じ年くらい？　ぜんぜんちがう」

口々に言われ、さらに首をひねる。

「幼なじみで、シュッとして、都会に流出？」

「心当たりあるだろ。それだ、それ」

「ありますけど。でもちがう。絶対ちがう。来るはずがない」

いいから早く行けと背中を押される。晶良はたどり着いたばかりの部室をあとにした。

部室棟から体育館の脇を抜けて、グラウンドを見晴らせる場所に出た。すでに日は傾き、ポプラや楡《にれ》の木が細長く影を伸ばしていた。掛け声やホイッスルの音が聞こえ、陸上部員がトラックでスタートダッシュの練習をしている。走り高跳びや幅跳びの練習風景も見える。

周囲にはこれといった人影はなく、晶良は急ぎ足で西キャンパスを横切った。通りを渡って南門から敷地に入り、東キャンパスに戻る。どこにいるのかとあたりを見まわしていると、一段高くなった藤棚の下に誰かいた。

ベンチに腰かけて、足を組んでいる。長そうな足だ。

斜め後ろから近づいて、横顔を見るなり棒立ちになった。ひとりだけ浮かんだ、そのひとり。気配がしたのか、こちらを向く。

「よう、晶良」

明るい声と共にくったくなく目を細める。腰を浮かして親しげに手を振る雰囲気だ。

「どうしたんだよ。いきなりこんなところに現れて」

「びっくりした？」

「すごく。もしかして狐《きつね》か？　尻尾《しっぽ》があったりして」

「人間だよ」

すまし顔で言われた。目鼻立ちの涼しげな風貌は昔から。そこに洗練された都会の雰囲気が加わり、認めたくないがたしかに大人びて見える。幼なじみの伯斗だ。無造作にまとっている黒いジャケットもサマになっている。

「いつ帰ってきたんだ」

「ついさっき。ここまでの坂道ってけっこう長いよな。まわりにほとんど店もないし。変わってないなあ」

「駅から直接来たのか」

ベンチの向こうに鞄が見えた。大きなものではない。立ち上がるつもりはないらしく、伯斗は背もたれに身体《からだ》を預け、悠然と足を組み替える。ひとりだけ突っ立っているのもおかしなものなので、晶良はとなりに腰かけた。藤棚の葉は早くも落ち始め、冬の入り口を思わせる寒々しい眺めになっていた。

「家で何かあったわけじゃないよな？　おじさんもおばさんも元気だろ？」

「まあね。おまえんとこも？」

「元気だよ」

「おじいちゃんも、おばあちゃんもか」

「うん」

「それはよかった。何よりだ」

大人臭いことを言われ、ため息が出そうになる。しょっちゅう互いの家を行き来したのは小学生まで。中学に入る頃から付き合う友だちが変わり、高校で進路が分かれた。顔を合わせれば挨拶《あいさつ》くらいはするが、「またな」ですれちがい、それきりの間柄だ。

「こんなところでのんびりしてるくらいなら、急ぎの用事じゃないのか」

「急ぎだよ。だから直接会いに来た」

「誰に？」

「おまえに」

小首を傾《かし》げ、下からすくいあげるような目で見るので、晶良は思わず身体を引いた。

「よせよ。冗談言うくらい暇なのか」

「夏前に、東京に出てるやつらと会ったんだ。小林もいて、おまえの話が出た。大学で郷土史研究会に入ったって」

小林は共通の友人であり、本物の歴史おたくだ。晶良とは中高と同じ学校だった。戦国武将のシミュレーションゲームにはまった時期があり、その頃はディープな付き合いもあったが、最近ではメールのやりとりもほとんどない。

「郷土史研究会と言っても、この大学のは埋蔵金調査に特化してるんだってな。代々先輩から後輩に調査内容が受け継がれ、県内でフィールドワークを続け、万が一、金品を掘り当てるようなことがあったらサークルのものになる、という規約までできている。小林から聞いたよ」

言ったかもしれない。けれど。

「あくまでも学生の、サークル活動だ。無茶してはいけない。危ないまねをしてもいけない。あやしい洞窟をみつけたら、勝手に入らず地元の人たちと相談し、消防団などに任せる。でなきゃ、安全を保証してくれる専門家と共に、危険のない範囲内で探索する。そういうルールが細かく敷かれてる」

古くからのサークルなので今のところ続けられているが、学校側の本音としては活動の自粛どころか停止を望んでいる。何かあったとき、責任を問われたくないからだ。毎年の計画案はしつこく内容を聞かれ、なかなか許可がもらえない。本栖湖《もとすこ》の湖底や富士山の樹海などは、埋蔵金探索として定番であり王道だが、今後もサークルとして近づくことはないだろう。

枠にはめられての活動に、部員のみんなはつまらない、やり甲斐がないと不平不満を漏らす。けれどほんとうの意味での山師や博打野郎は、晶良の知るかぎりOBにもいない。歴史好きが高じての好奇心や、宝探しごっこの延長、廃墟《はいきょ》マニア、沈没船コレクターなど、適度な冒険魂の持ち主ばかりだ。危険を冒してまで、一か八かの賭《か》けに出るつもりはないだろう。学生なのだからそうあるべきだ、とは理屈の上でわかっている。地道な調べ物を厭《いと》わない点は、晶良にも学ぶところが多い。でも。

「受け継がれた資料なんかはあるんだろ。面白いの、あった？」

「別に」

伯斗とはこの話をしたくない。話題を変えたい。けれどほどよいネタが浮かばず、仕方なく地名を口にした。

「御座石《ございし》とか湯之奥《ゆのおく》、黒川《くろかわ》、塩山《えんざん》。本栖湖や丹波川《たばがわ》あたりの資料は見たよ」

今頃はどこも紅葉が始まっている。ススキの穂が揺れ、小鳥たちが木の実をついばむ。標高の高いアルプスの峰々は雪に覆われている。じっとしていると、山肌を削るように吹き抜ける風の音が聞こえるようだ。

「六川村《むつかわむら》は？」

不意に言われる。

「ここのサークルでも調べているのか？」

真顔で見つめられ、晶良は目を瞬《しばた》いた。

「ぜんぜん。あんなマイナーなとこ。知るわけない」

「東京にも埋蔵金を探している人たちがいてさ。名前が出たんだよ。鳥肌が立った。おれとおまえが必死になって探した場所だもんな。あの夏のことはよく覚えている。おまえは今でもまだあきらめてないんだろ。だから埋蔵金のサークルにも入ったんだよな」

ちがう。まさか。そんなわけない。そう、笑い飛ばしてやりたい。でなけりゃスカして肩をすくめたいのに、顔も口もぎごちなく固まるだけ。つくづく自分は不器用な人間だ。こんなんだからいつも吉井におちょくられている。

「なあ晶良、探しに行かないか。昔みたいにふたりで」

「は？」

「あの頃よりは大人になった。今度こそ、幻の村を探し当てよう」

ほんとうに狐かもしれない。もしくは何かのドッキリ企画か。

本物の伯斗が口にするセリフにはとうてい思えなかった。

*

ふたりの初めての出会いは、よちよち歩きの頃だったらしい。記憶にはないが写真には残っている。晶良も伯斗も互いの祖母に抱っこされ、笑顔でおさまっていた。

その祖母同士が、そもそもの幼友だちだった。昭和二十年の夏に太平洋戦争が終結し、地方の小学校も徐々に落ち着きを取り戻し、祖母たちは同じ学校の同じ教室で仲良く机を並べた。七つ、八つの頃だ。

高校卒業後、それぞれちがう仕事、役場や農協に勤めた。そして「ふーちゃん」こと房江《ふさえ》は結婚し、坂上房江となり、甲府市内に移り住んだ。「キクちゃん」こと菊子《きくこ》は見合い結婚で、韮崎《にらさき》市にある桂木《かつらぎ》家に嫁ぎ、桂木菊子に。お互い子育てやら家事やらで忙しく、県内とはいえ会うことはめったになくなったが、やがて菊子の長男が就職し、結婚し、甲府市内に家を構えたいと言い出したとき、菊子は房江の住む町をすすめたという。「そうすれば遊びに行ったとき、ふーちゃんちに寄れるから」との理由で。

偶然や巡り合わせがあったのだろうが、近隣にいい土地がみつかり、菊子たっての願いは叶《かな》えられた。新居ができる少し前に生まれたのが伯斗であり、四ヶ月遅れで坂上家には晶良が生まれた。

祖母たちはとても喜び、孫の手を引いて一緒に買い物に出かけることもあったし、互いの家を行き来することもあった。晶良と伯斗にしてみれば、おばあちゃんに付き合わされてという形だったが、頻繁でなかったのがかえってよかったのかもしれない。別々の幼稚園に通ったあと、小学校で一緒になってからはふつうに、気の合う友だちとして遊ぶようになった。

そして小学五年生になった年の春、ふたりは祖母たちの会話を襖越《ふすまご》しに聞いた。晶良の家に、伯斗だけでなく菊子も遊びに来ていたのだ。ふたりの祖母はお茶を飲み、菊子の持参した和菓子を食べながら昔話に花を咲かせていた。

晶良と伯斗は風通しのよいとなりの部屋で、寝そべって漫画を読んでいた。静かにしていたので、祖母たちは孫がいるのに気づかなかったらしい。

「昨夜のドラマ、わたしも驚いた。子役が春美《はるみ》ちゃんそっくりなんだもの」

「似てたわよね。舞台が戦時中だから、着てるものからして昔を思い出すわ」

「春美ちゃん、今頃どうしているかしら」

「あの子の話、覚えてる？」

「もちろんよ。なんてったって、秘密の隠れ里でしょ」

「しーっ」

くすくすと笑い声が聞こえ、晶良と伯斗は顔を見合わせた。「秘密」という言葉に引っぱられ、どちらからともなく襖に忍び寄った。

「私、誰にも言ってないわよ。キクちゃんは？」

「あら、どうしましょう。恭一に話してしまったわ。あれがまだ子どもの頃よ。ほんの少し。今みたいに春美ちゃんを懐かしく思い出すことがあったの。ふーちゃんと私にはもうひとり、仲のいい女の子がいて、その子は六川村という小さな村の出身だった。そこにはなんと、武田家の財宝が眠っているんですって。恭一ったら、よくある埋蔵金伝説だ、だけよ。つまらない」

「恭ちゃんらしい。きっともう忘れてしまったわね」

「ふーちゃんはどう思う？　私にはただの伝説に思えない。春美ちゃんは風変わりな子どもだったわ。戦後すぐの時代だったし、そりゃ東京に比べれば甲府はうんと田舎《いなか》よ。私たちだってハイカラなものに疎かった。でも、あの子の語る村の生活は昭和からもかけ離れてた。明治大正を遡《さかのぼ》って、江戸時代みたい」

「電気を知らなかったし」

「車も電車も見たことないって。映画館はもちろん、ラジオも新聞も。それを聞いたのは子どもの頃だったから、意味がよくわからなかった。片田舎の村の暮らしって、そんなものかと思ったわ。でも大人になってみるとやっぱり不思議というか不自然というか」

菊子の声に、房江のうなずく気配がした。

「春美ちゃん、戦争のこともわかってないみたいだった。あの戦争よ。日本中が大変な思いをした太平洋戦争」

「飛行機は見たと言ってたでしょ。空を飛ぶものね」

「まるでおとぎ話の世界だわ。四方を山に囲まれ、道作りをせず唯一の出口は川だけ。訪ねてくる人もなく、村から出て行く人もいない。孤立した場所で、昔ながらの暮らしを続け、いったい何百年？　ほんとうならば、大変な話よ」

「私、掟という言葉も忘れられない。外と関わることを厳しく禁じた村の掟。何百年も破られていないなんて、ただもうすごいわ」

「ラジオも新聞も戦争も知らないのに、掟は知っている。春美ちゃんはつくづく不思議な子どもだったわねえ。びっくりすることをいろいろ言われたけれど、作り話には思えなくて。それはつまりあの子の村に、掟を強いてまで守らなくてはならない秘密があったってことじゃないかしら」

沈黙が落ちる。ふたりのおばあさんが「ほう」と息をつき、ぼんやり宙をみつめている様子が見えるようだ。晶良と伯斗は目と目で会話した。どういうこと？　武田家の財宝？　埋蔵金伝説？　ほんとう？

「終戦で時代が変わり、村にもお役所の人が入ったのよね」

伯斗のおばあさんの声がまた聞こえてきた。

「お役所の人は驚いたかしら。こんなところに村があり、人が住んでいる、子どもがいるって」

「春美ちゃんは病気のみつかったお母さんと一緒に山から下りて、学校にも通い始めた。今思えば、ずいぶん心細かったでしょうね」

「私たち、少しは優しくできたかしら」

「そうよ。だから地図をくれたのよ」

地図？　誰かの立ち上がる気配がする。房江だろう。畳を踏みしめる音がして、晶良たちがいるのとは反対側の襖が開く。遠くかすかにカタカタと聞こえてくる。

晶良は襖の取っ手に手をかけた。伯斗がうなずくのを見て、指先に神経を集中した。五ミリほど隙間ができる。房江は奥の部屋の和簞笥《わだんす》から、薄い、本のようなものを取り出していた。

大事そうに胸に抱え、菊子のもとに戻ってくる。アルバムだろうか。間に挟まっていた紙切れを引き抜き、畳の上にゆっくり広げてみせた。

「懐かしいわ。ふーちゃん、なくさず持っていたのね。えらい！」

「でしょう」

「春美ちゃんはどういう気持ちでこれをくれたのかしら」

「私たちはとうとう行けずじまいだったわね」

祖母たちは口々に言いながら自分の老眼鏡をかけ、真剣にのぞき込んだ。晶良はそっと襖を閉め、伯斗と共にその場から離れた。

「あんな話、初めて聞いた」

「六川村か。そう言ってたよね」

「埋蔵金って、ほんとう？」

互いの目の奥をのぞき込むと、そこにはもう、キラキラと輝くものが見えた。

*

「突然、大学に現れたかと思ったら、いきなり宝探しかよ。熱でもあるんじゃないの」

少しは冷静になったところで、非難がましく言ってやる。晶良の憎まれ口などものともせず、伯斗はにっこり微笑んだ。

「事情があるんだよ、いろいろと」

「だったら、そういうのをわかってくれそうな奴のところに行けよ」

もう関係ないだろう、と言うのだけは辛うじてこらえた。もとはと言えば距離を作ったのは伯斗だ。ふたりして埋蔵金に夢中になったのに、あるとき「やめた」のひと言できれいさっぱり手を引いた。ひとりではとうてい続けられず、伯斗のリタイアは自動的に晶良のリタイアをも意味していた。

心にぽっかり穴が空き、中学三年間の記憶は曖昧だ。高校では運動部に入った。朝から晩まで部活に励み、くたくたになって気持ちを切り替えたつもりだが、大学受験の志望校選びのさい、今の大学に埋蔵金に特化したサークルがあるのを知り、飛びつくように第一志望に据えた。合格したら入ろうと心に決めていた。

結局自分は忘れられない。武田家の財宝が眠る場所に、この足でたどり着きたいという思い。あともう少し、もう少し、この次はこの次は、という焦がれるような感情。準備段階からのわくわく感。手がかりを得たときの高揚感。ガキ臭いと言われればそれまでだ。わかっているからほうっておいてほしい。

「いきなりで悪かったと思っている。でも他のことじゃないんだ。あの村の件なんだよ。話だけでも聞いてくれ」

返事をする前に伯斗から紙切れを渡された。名刺らしい。「矢口伸也《やぐちしんや》」とある。知らない名前だ。肩書きは「チーフエディター」。社名は「編集プロダクション　株式会社リアルプラス」。

「バイト先なんだ。主に扱っているのはノンフィクションの出版物で、企画や製作をやってる小さな会社だ。依頼を受けて、ゴミの不法投棄や公共事業にまつわる談合、政治家の裏金作りなんかを調べ、関係者を捜し出したり、インタビューの段どりをつけたりする。大きなネタだと下請け的に、便利屋みたいな仕事もするんだ。そこでおれが一番お世話になっているのが矢口さん」

ふーんと、間の抜けた声を出す。

「でもって、扱っているネタのひとつに埋蔵金伝説があった。驚くだろ。まさか東京で出くわすとはな。びっくりしながらも懐かしがっていたら、手伝わないかと矢口さんに言われて、資料集めや報告書の作成に関わった。最初はただただ面白かったんだ。少しは知識があるから要点を掴むのはばっちり。年表作りや分類も得意だ。せっせとこなしていたら、かなりヤバイ筋の、前々から暴力沙汰だのなんだの問題を起こしているグループが、武田の隠し金に目をつけたとわかった。最初は『へえ』って思うくらいだった。武田の埋蔵金なんて、今までに多くの人間が探索している。眉つばな発見談がちょぼちょぼあるだけで、まともな話はひとつもない。好きなだけやればいいと思った。でも、そいつらの絞っている的が六川村とわかって、無視できなくなった。あそこは特別だ。あそこだけは他とちがうんだ」

ついさっきまでの都会的で涼しく軽やかな雰囲気はどこへやら。伯斗は熱っぽく言う。

「できることならあの村をみつけたい。それが叶わないとしても、おまえと探しまわったエリアだけはもう一度、確認したい」

「待ってくれよ。急にそう言われても」

「無理は承知の上だ。どうしてもダメというなら、地図を見せてほしい。小学校のとき以来見てないから記憶があやふやで。一度見せてくれたら、もううるさいこと言わないよ」

「今の話にあった矢口さんだっけ、その人と探しに行くのか」

伯斗は首を大きく横に振る。

「矢口さんにも六川村のことは話してない。おれと晶良のふたりだけの秘密だもんな。守っているよ。だから誰とも一緒には行かない」

単独のつもりか。今度は晶良が首を横に振った。

「地図は見せられない」

「晶良」

ムッとしたような声を聞き、少しだけ気持ちが浮き上がる。怒りやイラつきをぶつけられた方が嬉《うれ》しいなんて、おかしなものだ。長いことずっと取り澄ました横顔しか見ていない。

「確認って、いつ行くんだ？」

「明日」

「ほんとうに急だな。明日の授業、一限はどうしても出なきゃいけない」

「地図を見せてくれるなら、あとでおまえの家に行く」

「明日の十時半、校門まで来いよ。おれも行く。山に入るのは久しぶりなんじゃないか？　だったら単独はやめとけ」

諫《いさ》めるように言うと伯斗はバツが悪そうな顔をした。これまためったにないシチュエーションだ。勉強もできてスポーツ万能で背も高かった伯斗は、昔から一緒にいると年上にまちがえられた。今も身長は高いし、頭もいいだろうし、スポーツもそつなくこなしそうだが、こと山に関しては負ける気がしない。

吉井の伝手《つて》でトレッキング同好会の活動にも交ぜてもらい、個別でもかなりの場数を踏んできた。

「付き合ってくれるわけ？」

「しょうがないだろ」

「十時半に出ても日帰りできる場所だ。ありがたい。助かるよ。無茶しないから」

「おまえのそれ、信用できないな。小学生の頃はおれよりずっと無茶だった」

「晶良の野性の勘にはいつも助けられていた」

「笑いながら言うな。人のこと、猿呼ばわりしただろ」

久しぶりに軽口を叩《たた》いていると足音が聞こえた。振り返ると、黒装束のカノコ先輩がびくんと身体を震わすようにして立ち止まった。

晶良も伯斗も腰を上げる。

「サークルの先輩なんだ」

「そうか。おれ、帰るよ。明日の準備をしなきゃいけない。十時半にあそこの校門に、たぶん親父《おやじ》の車で来る」

ふたりして藤棚から離れると、伯斗はカノコ先輩に会釈だけして去っていった。

「ごめんなさい。晶良くんっぽい後ろ姿が見えたから……。誰かと一緒だと思わなくて」

「いいんですよ。話は終わったとこなので」

「見かけない人だね」

「幼なじみです。東京の学校に行ったんで、ここの学生じゃないんですよ」

だったらよけいに悪かったと言うカノコ先輩をなだめ、用件を尋ねる。

「さっきね、これを渡しそびれたの」

言いながら数枚の紙切れを差し出す。

「前に話したでしょ。農家の蔵からみつかった古い歌集で、その中に穴山梅雪《あなやまばいせつ》が詠んだとされる歌も交じっているって」

受け取って開いてみると、白いコピー用紙の真ん中に、原本らしい灰色の紙面が印刷されている。もとの紙はかなり黄ばんでいるのだろう。平仮名の崩し字が流れるような筆遣いで綴《つづ》られている。和歌だとしたら、一ページに四首か五首。それだけだったらまったく何が何やらだが、余白部分に注釈がつけられていた。続け字がひと文字ずつに表記されているので、日本語としてまあまあ読めそうだ。

「原本は今、県立図書館の資料室の中でしたっけ」

「そうみたい」

「梅雪の作った和歌となったらすごく気になります。誰がコピーを取ったんですか」

「叔父《おじ》さんよ。お母さんの弟。こういうのが昔から好きで。晶良くん、梅雪に関するものならなんでも見たいし知りたいって言ってたでしょ」

その通りだ。嬉しくて顔がにやけてしまう。

「ありがとうございます。ここにある注釈は叔父さんが書いたものですか？」

黒い髪の毛が上下する。

「じっくり見たい。借りちゃダメですか」

「いいよ。漫画のお礼」

「すみません。助かります」

「あと、信玄塚に行く話、打ち合わせは明日だって。岡本くんから聞いてる？　晶良くん、バイトは大丈夫なの？」

岡本とは部室でニカッと笑っていた同期だ。来客の件で早く行けと晶良をせっつき、肝心の伝言を忘れたのだろう。

享年五十二歳と言われる信玄公最期の地は、伊那《いな》街道沿いに諸説があり、信玄橋や信玄塚があるのは根羽《ねば》村。その北に当たる阿智《あち》村の長岳寺も、亡骸《なきがら》を焼いた場所とされ供養灰塚がある。本堂には信玄公の遺品とされる三鈷杵《さんこしょ》と兜《かぶと》の前立てなどが保存されているそうだ。

埋蔵金探索には直接関係がないが、なんといっても信玄公ゆかりの地だ。サークル有志で訪ねてみようということになり、細かいスケジュールを詰める話になっていた。

「明日は空いてるんですけどダメかも。出かける用事が急に入って、夕方までに帰ってくるのはちょっと厳しいかな」

「どこに行くの？」

「む……」

六川村と言いかけて、飲み込む。誰にも秘密という子どもの頃の約束を守って、未《いま》だにサークルの人にも話していない。約束の相手が立ち去った方角に目をやり、晶良はカノコ先輩に答えた。

「身延《みのぶ》のちょっと先です。車を出すみたいなので、うまくすれば夕方には戻れるはずだけど。どうなるかわからなくて。おれにかまわず、スケジュールを決めてください。間に合うようなら連絡します」

カノコ先輩は消え入りそうな声で「身延」とつぶやいた。雰囲気からすると、「なぜそこに？」「何をするの？」と重ねて聞きたいのだろうが、晶良は気づかぬふりでコピー用紙を鞄の中にしまい、西の空の夕焼けに目を細めた。

＊

祖母たちの話を盗み聞きしてすぐ、小学生だった晶良と伯斗は市内で一番大きな図書館に通いつめた。館内に設置された検索機に「埋蔵金」という言葉を入れ、キーワード検索をかけ、出てきた書名を棚から探し集めた。

国内に絞って言えば、もっとも有名なのは徳川幕府の埋蔵金だ。大政奉還のあと、江戸城は無血開城となったが、財宝の類はほとんど残されていなかった。明け渡す前にどこかに運び出したのだろうと、新政府は探索に乗り出した。目撃情報や憶測が乱れ飛び、各地で発掘が行われたが未だにみつかっていない。推定四百万両と言われる財宝だ。今の価値に直すと数千億円以上だろうか。

豊臣家の財宝も必ずあげられる。死の床に就いた秀吉が幼い息子のために、莫大な量の金塊、ならびに大判小判を埋蔵したという説だ。

他にも、源頼朝の奥州攻めに従軍し、平泉の財宝のほとんどを褒美として与えられた結城《ゆうき》家が、晴朝《はるとも》の代に徳川家に目をつけられ、地下に埋めて隠したという話も知名度が高い。役職を利用しての着服、隠蔽《いんぺい》工作もある。家康の時代、金山銀山の奉行を務めた大久保長安は、多量の財宝を着服し、何ヶ所かに分けて隠したと言われている。さらに豪農、豪商の隠し財産など、各地にまことしやかな言い伝えが数多く残されている。

そして、産出量の多い優良な金山があったことから、晶良たちの住む山梨県にも全国的に有名な黄金伝説が複数、語り継がれていた。

中でも武田信玄が活躍したのは、弱肉強食の戦国時代。攻められて持ちこたえ、隙を突いて攻めに出る。勝ち残るには強力な軍隊が不可欠だが、人数を集めるにも維持するにも費用がかかる。その捻出元において、武田家は大いに恵まれていた。当時、黒川金山が最盛期を迎えていたのだ。軍用金として武田軍をがっちり支えた。

人や物を動かすために必要な金なので、領土の要所要所にあらかじめ埋めておいたという説もあれば、いざというときのために、城から離れた場所に財産を隠し持ったという説もある。金の採掘量から見て信憑性《しんぴょうせい》は高いとされるが、場所は特定されていない。

それらしい言い伝えや古文書、古くから伝わる民話、童唄、石碑の文字、地名など、ありとあらゆるものを手がかりに多くの人が長い年月をかけて探し求め、誰も行き着いていない。

晶良と伯斗は図書館の本をひと通り眺め、じっさいにみつかったという鹿嶋清兵衛《かじませいべえ》の埋蔵金に興奮し、テレビ番組で掘られた赤城《あかぎ》山麓の大穴に驚いたりしているうちに、やっと気づいた。

祖母たちの話していた「六川村」についての記述がどこにもない。埋蔵金に関する本には必ずと言っていいほど山梨県が出てくるのに、六川村の文字はなかった。

唯一みつけたのは郷土史コーナーに置いてあった薄い冊子の中。それも太平洋戦争の終結後、急速に過疎化が進み、消えてなくなった村として、他の村に交じって名前があがっていただけだ。

「どうしよう」

困惑と共に冊子と地図とを見比べた。地図は、祖母の目を盗みこっそりタンスから持ち出した。晶良が手書きで写し取り、伯斗が細部に至るまで目を光らせたので会心の出来だ。目印とおぼしき沢、岩、大木などはあるが具体的な地名は書かれていない。唯一はっきりしているのは、「早川《はやかわ》」という川の名前くらい。

「司書さんに聞いてみようか。六川村って言わずに、ここに書いてある『今はもうなくなってしまった村』について調べたいって、相談すればいいんだよ」

晶良には思いもつかない発想だった。伯斗はさっそく年配の司書に声をかけ、冊子のページを指さした。小学生からの問い合わせに司書は張り切ってくれたが、内容的にとても難題だったらしい。村というより、冊子の著者について話をしてくれた。

「これを書いた松原義明さんは以前、図書館で郷土史の特別講座を開いてくださったのよ。

とっても気さくでお話も楽しかった。この方ならあなたたちの知りたいことにも詳しいでしょうね」

プロフィール欄を見ると現住所が載っていた。甲府市内だ。

訪ねていくのは勇気がいったが、手紙では返事が来た場合家族に見られてしまう。六川村のことは内緒にしておきたかった。市内地図を頼りに見知らぬ住宅街をうろうろし、なんとか家を探し当てたものの、チャイムを押せずに引き返した。次こそはと二回目に足を運んださい、庭先で植木をいじっている初老の男性をみつけた。

生け垣越しに声をかけると驚かれたので、あわてて図書館で取った冊子のコピーを見せた。小学校の名前を言うと警戒心を解いてくれたのだろう、庭に招き入れられた。松原氏は司書が言った通りに、気取りのない朗らかな人だった。

郷土史に興味を持つ小学生というのが嬉しいらしい。上機嫌でいろんな話を聞かせてくれたが、六川村の名前を出したとたん、顔つきが変わった。

「あれは特別な村だよ。今から四百年以上前、時の権力者の命により作られた」

外連味《けれんみ》たっぷりに、内緒話のように声をひそめて続けた。

「とある重要なものが隠され、外部との行き来はすべて遮断されたんだ。村人たちは言いつけに従い、代々、秘密を守り続けた。けれど太平洋戦争後の近代化に伴い、さすがに維持できなくなったんだろうね。意図的に消し去られた。だから表だった資料はほとんどない。謎に満ちた、幻の隠れ里だ。未だかつて誰も行き着いたことがない。これからも、ないのかもしれないよ」

＊

翌日、靴だけは途中で履き替えるつもりでいたのに、寝坊して身支度を調《ととの》えるのがやっとだった。玄関先で靴箱からトレッキングシューズを引っぱり出し、そのまま履いて家を飛び出した。

こういうときに限って吉井は授業をサボらず現れる。誰も気づかなかった足元にいち早く目を留めた。

「どうして！」

指を差しながら晶良の服装を見て、シャツの重ね着を見破る。あっという間に鞄を引ったくられ、中に隠しておいたデイパックも暴かれた。

「一限が終わったら、ちょっと出かけるからさ」

「今日、これから？　どこに。誰と。もしや……」

「ちがうよ」

「まだ言ってない」

「言わなくても、ちがうことだけはわかる。昨日、東京の大学に行ってる幼なじみが帰省してきたんだ。久しぶりに山歩きすることになった」

眼鏡の奥の目が芝居っ気たっぷりに開いたり細められたりして、吉井はなおも晶良のことを眺めまわす。

「どういう幼なじみだよ。久しぶりに帰ってきたから信玄餅を食べなきゃいけないわ、というノリで、山歩きに行くわけか」

「なんで信玄餅？」

「そのノリはないだろうという、くくりだ。いくら山に囲まれた町だからって、昨日来てすぐに山？　すぐに山梨銘菓？」

「食べてもいいだろ、信玄餅くらい」

きなこがまぶされたやわらかな餅に、黒蜜をかけて食べる定番のお土産だ。

「わかった。そこまで言うならおれも行く」

「はあ？」

「装備は心配するな。あらかたのものは部室に置いてある」

冗談じゃない。きっぱり断って、無理やり授業に集中して、いつになく完璧にノートを取る。挙手して質問までしているうちに時間になった。

「おまえだっておれの山歩きにくっついてくるだろ。たまにはおれも交ぜろ」

「再来週の週末、サークルの人たちと伊那街道に行く予定だ。それに来いよ。カノコ先輩も参加するし」

大急ぎで片づけ、午後の授業のノートを友だちに頼み、廊下に出て階段を駆け下りた。晶良のあとを吉井が追いかけてくる。

「伊那か。ちょっと待ってくれよ。考えてみる」

「詳しいスケジュールが決まったらすぐ知らせる。だから、今日はここまでな」

校舎を出る前に足を止め、振り返って片手をかざした。NOとSTOPのふたつの意味を込めたが、いつになくしつこい。

「ともかく挨拶だけはするよ。おまえの大事な幼なじみなんだろ。今の友だちとして、挨拶くらいしたいじゃないか。今後、どういう縁があるとも限らないし。友だちの友だちは友だちという格言もある」

こんなのを引き合わせたくないと心から思ったが、ぼやぼやしているうちにも約束の時間になってしまう。キャンパスの外に出たとたん、通りに横付けされたオフホワイトの車が見えた。桂木家の車はダークブルーのセダン。ちがうだろうかと思いながら近づくと、運転席に伯斗が見えた。

向こうも晶良に気づき片手を上げる。後ろにくっついている吉井が見えたのか、浮かんだばかりの笑顔が引っ込む。吉井もまた、「あっ」と声をあげた。

「おまえの幼なじみって、あの人？」

「そうだよ」

「うそ」

何が嘘だと？

車が来ていないことをたしかめ、伯斗は運転席から出てきた。上着は後部座席だろうか。Tシャツの重ね着にストレッチ素材のズボンを穿《は》き、足元はトレッキングシューズ。どれも真新しいものでなく、流行の型でもない。家に置いてあった高校時代の使い古しか。ひょっとしたら父親に借りたのかもしれない。

吉井はすっかり挙動不審となり、晶良の背中にへばりついた。

「男じゃないか」

は？

「女だとばかり思ってた。それも美人か、かわいいタイプの」

それでしつこくついてきたのか。

「女とはひと言もいってない」

「幼なじみと言えば、ふつうは女だろ」

どういう「ふつう」だ。

「おはよう」

過激に鋭く言い返してやりたかったが、吉井と言い合っている間にも伯斗がわざわざ歩道にまわってきて爽やかな挨拶を口にしたので、仕方なく紹介した。

「同じ学部の知り合い。勝手についてきただけで、今すぐ校舎に戻る。ほんとうに今すぐな！」

「初めまして。こんにちは。吉井です。いやー、その、せっかくなのでちょっと挨拶をさせてもらおうかと思って。晶良くんにはいつもお世話に……なっているわけもなく、してばかりですけれど、あの、ごきょうだいにお姉さんか妹さんはいらっしゃいませんか」

とっさに手が出て頭をはたく。

「こいつはひとりっ子だよ」

「残念。いればきっと美人だと思って」

あまりのくだらなさに目眩《めまい》がしそうだ。

「おれも綺麗なお姉さんやかわいい妹は憧れるけど、いないんだ。吉井くんって呼べばいいの？　おれは桂木。こいつには下の名前で呼ばれてる。伯斗って」

「かっこいい名前ですね。ふさわしいです」

「どうして敬語なんだよ。タメだぞ、タメ」

「なんとなく。おまえはタメ以下だけど」

時間がもったいない。本格的に力いっぱい吉井を押しのけ、伯斗には運転席に戻るよう指示した。

「男の幼なじみなら付いて行かなくてもいいか。いってらっしゃい、タメ以下の君。まむしに噛《か》まれるなよ」

わざとらしい見送りを受け、晶良は助手席のドアを開ける。

「早く校舎に戻れ」

「それで、行き先はどこ？」

一瞬、言葉に詰まった。六川村についてはこいつにも言っていない。

そんな晶良を眺め、吉井はにやりと笑った。

「まむし以外にも、イノシシや熊に気をつけろよ。近くの山だからって、ゆめゆめ油断しないように。そして狐や狸《たぬき》にも注意しろ。化かされないようにな」

二章　幻を探す

車は市街地を抜け、中央自動車道の下をくぐり、釜無川《かまなしがわ》を渡る。白根《しらね》のインターを過ぎたところで国道五十二号に乗り、ここからはひたすら南下する。天気がよければ南アルプスの秀峰が見えるけれど、西の空に横たわる分厚い雲がじゃまをする。今の気温は十五度。山間《やまあい》に入るので南下するほど気温も下がる。目的地ではフリースを着なくてはならないかもしれない。

伯斗がハンドルを握る車はレンタカーだそうだ。家の車は母親が使うので、貸してくれなかったとのこと。さらりと言うが、融通が利かなかったのは伯斗の帰省が突然だったからだろう。

「おまえと出かけるって言ったら、驚いてた。遊びに来るように誘えとしつこく言われたよ」

「うちも同じだ。ハクちゃんどうしてるって、うるさいうるさい」

家族の人数が多いので、やかましさでは断然勝っているだろう。

「おまえのまわりはにぎやかだよな。さっきの吉井くんだっけ、彼も面白そうだ」

「頭のねじがゆるんでるだけだよ」

「同じサークル？」

「いや。向こうはトレッキング同好会。学部が同じだから、なんとなく一緒にいる時間が多くて」

前の車がスピードを落とし、止まるんだか左折したいんだかはっきりしない。しばらく後ろにつけていたが、ついに止まってしまったのでウィンカーを出して追い抜く。向かいからちょうど大型車が来たところで、一瞬ひやりとした。クラクションを鳴らされ、伯斗の両腕に力が入るのがわかる。

「免許は取ったけど、あんまり運転してないんだ」

「なんなら替わるよ。このあたりの道なら慣れてるから」

「昔は電車だったよな。バスを乗り継いで。金も時間もかかった」

大人になったのだ。小学校の頃は家の近所で待ち合わせ、自転車を走らせ甲府駅に向かった。そこから身延線に乗って下部《しもべ》温泉駅で降りる。節約するために、鈍行しか乗れなかった。

家族には行き先もその日することも隠し、夏休みの自由研究のために博物館に行くと嘘をついた。不審がらずにお弁当を持たせてくれたのは、伯斗も一緒と言ったからだろう。

簡単にみつかるとは思っていなかったが、予想以上に手強《てごわ》く、一回目のトライ、二回目のトライと、どこをどう分け入ればいいのかわからなかった。途方に暮れ、あっという間に日も暮れた。数日挟んでからの三回目でようやく探検らしくなり、四回目には急な豪雨に見舞われずぶ濡れになった。五回目には迷子になって肝を冷やし、倒木ごと崖から滑り落ちそうになり九死に一生を得たのは六回目。

それが夏休み冒険の最終章となり、結局、無人の集落と炭焼き小屋らしいものと朽ち果てた鳥居に遭遇しただけで終わった。地図に描かれた目印の場所と、一致したのかどうかもわからない。

秋になり、週末に行こうという計画はあったが、その頃やっと親もおかしいことに気づき、子どもだけで山に入ってはいけないときつく注意された。目を盗んで出かけたのが一度きり。秋が深まり雪の季節となり、再挑戦は翌春へと持ち越された。

伯斗の運転する車が下部温泉駅に近づき、腹ごしらえしようという話になった。選択の余地はなく、食事となれば駅前の定食屋しかない。昭和の雰囲気を色濃く残したレトロな店だが、九年前は夢に見るほどに憧れた。

「大人になるって素敵だな」

のれんをくぐり、しゃれっ気のまったくないチープな椅子に腰かけ、壁に貼られたメニュー表を見ていると、少ない小遣いをやりくりしていたいじましい日々が蘇る。

「カツ丼」

伯斗の言葉に、「おれも」と乗っかる。

「山から戻ってバスから降りると、いつも気が遠くなるほど腹が減ってた。タイムスリップして、昔の自分に奢《おご》ってやりたい」

「涙ぐんで食べて、一生の恩人になったな」

それを聞き、ふと思い出す。

「恩人はリアルにいたよな。ほら」

冒険五回目の日に、迷子になったふたりを助けてくれた中年男だ。六回目のときに崖から落ちそうになったふたりを助けてくれた人でもある。顔も手足も真っ黒に日焼けし、山猿のように敏捷《びんしょう》で、イノシシのように生命力に富んでいた。彼もまた、武田家の埋蔵金を追い求める人だった。

「なあ伯斗、あの人ならみつけたんじゃないか？　幻の村を探してるって言ってたろ」

「かもしれない。でも目をつけていた場所は、方角がちがっていたと思うんだ」

食べ終わって店を出て、まわりに人の気配がないのをたしかめてベンチに腰を下ろした。

伯斗はさっそくロードマップを開く。どこでみつけてきたのか、さらに詳しい部分地図もA4の紙に印刷してあった。

「おれたちがあの人に会ったのは、夏休み探検の五回目と六回目だ。あの人は六川村の場所を、そこから北東の方角と睨《にら》んでいた。口ぶりからしてそうだったと思う。でも、ばあちゃんたちの地図をあてはめると、村の位置はおそらくもっと南の東」

「どうしてそんなのわかるんだよ。はっきりしてるのは早川沿いの県道くらいだ」

晶良の指摘を受け、伯斗はもう一枚、紙を開いた。九年前、小学五年生の夏休みに歩きまわったリアルなルートマップだ。謎のおじさん——国分寺と名乗っていた人に出会ったのは、マップ上の左上。ふたりが北へと足を延ばした地点だ。

「国分寺さんに会う前に、おれたちはもっと南で廃村をみつけている。あとから思ったんだけど、それはもしかしたら『鳥見村』かもしれない。なくなった村のリストにそういう村があって、場所からすると可能性があるんだ」

「鳥見村……」

「晶良、ばあちゃんたちの地図に鳥の絵があったろ。家の形があって、その中に横向きの鳥の絵が描いてあった。意味がわからなくて巣箱じゃないかと話したっけ。もしくは、鶏《にわとり》を飼っている家があったんだろうかと。でも」

「村の名前？」

脳裏に一枚の紙切れが浮かび上がる。自分がそっくり写し取った地図だ。何度も何度も眺めまわした紙の中に、鳥らしい絵があった。

晶良は左右に目を走らせてから、おもむろにその、昔なつかしい地図を取り出した。伯斗の顔が心なしか歪む。彼にとっては久しぶりに目にするものだろう。晶良にとってもだ。

「この目印が『鳥見村』を表しているとすると、たしかに重要な手がかりになる」

もとは小学生の女の子が描いた地図だ。「このあたりに村があるの」「とりみ村っていうの」、そう言いながら家の絵の中に、小鳥を描き込んだというのはありえるかもしれない。

「県道と廃村を地図にある鳥の絵に重ねると、六川村の方角がわかる。国分寺さんが予想したエリアとはちがう」

伯斗が言わんとすることが晶良にも通じる。北も南もわからなくなるような深い森と急斜面に分け入って、コンパスを頼りに倒木や大岩をかいくぐる。あるいはよけて大きく迂回《うかい》する。渓谷に阻まれる。一キロ四方の探索だけでもどれほどの日数を要するか。秋からの半年間は活動もままならない。

いくら山歩きの達人であっても、エリアのちがいになかなか気づかず、方角が誤っていれば、進んでも進んでも目指す村にたどり着けない。

「あのときは、自分たちが遭遇したもののことは言わなかったよな」

鳥見村かもしれない廃村のこと。そして、崩れかかった鳥居のことも。

「炭焼き小屋だけは話したけど、それは国分寺さんも知ってた」

伯斗の言葉に、晶良はうなずく。

「あの人は、おれたちが埋蔵金を探しているなんて思いもしなかった」

子どもらしいただの冒険ごっこと思ったのだろう。

けれど真夏の熱気にあぶられ、だらだら汗を流し、クマザサの茂みを踏み越えながら、中年男も小学生も同じ村を追い求めていたのだ。

腹ごしらえしたところで車は下部温泉をあとにして富士川《ふじがわ》を渡る。五十二号を西に向かって走る。早川町に入ると道そのものがカーブし、北へと進路を変えていく。南アルプス街道というそうだ。西側に隣接するのは静岡県や長野県。県境には名の知れた高い峰が連なるが、手前にも山があるので車からは見えない。

東側にも山が連なり、間を流れる川に沿って道路は延びている。峠道のような急カーブはほとんどなく、ときおり集落が現れ、すぐに過ぎ去る。道幅は広くないが対向車線にめったに車が来ないのでひやりとする場面もない。ところどころ河原に採石場があり、そこからやってくるのはダンプカーだが、センターラインを越えることはない。

晶良は運転を伯斗に任せ、助手席で手作りの地図を開いた。子どもの描いた大まかな地図であり、数十年前のしろものだ。今に通じる地名は「早川」のひとつだけ。このひとつが貴重な手がかりだ。

山脈に挟まれ南北に流れている早川は、七面山《しちめんさん》の裾野で東に曲がる。晶良たちが来た下部温泉の手前で、別の川、富士川にぶつかる。女の子の描いた川もほぼこの形をなぞっていた。すっと下におりた縦の線が早川。右に曲がり、伸ばしたところで、もう一本の縦線（明記されていないが富士川だと思われる）にぶつかる。

曲がってから別の線にぶつかるまでの「横の長さ」がポイントだ。六川村がある「縦の長さ」の方がずっと長い。ほぼ倍。これをじっさいの地図にあてはめると、村の場所が絞れる。

小学校の頃必死に考え、導き出された推理をもとに、晶良たちは分け入るエリアを決めた。

伯斗の運転する車がスピードを落とす。長いトンネルから出る。川は道路の左側を流れていた。さらにスピードが落ち、止められる場所を探し始める。

路肩のぎりぎりまで山が迫っているので、駐車スペースをみつけるのもひと苦労だ。やがて橋が見えてきて、細く短いそれを渡り、川が右側に移る。左側が山肌になったところでやっとウィンカーが出た。道路脇の茂みへとハンドルを切り、強引に突っ込む。

「車っていうのは、足がつくもんだな」

立木が邪魔をしてドアを開けるのにも手間取った。なんとか外に出て荷物も出したところで、伯斗の口にしたセリフだ。

「もっと離れたところに止めた方がいいのかもしれない」

交通量の少ない道だが、それだけに路肩に置いた車は目立つ。伯斗の車は林の中にねじり込んだ形で、通行の邪魔にはならないだろうが、車体のすべてを木々が隠してくれたわけじゃない。昔訪れたときは手前のバス停で降り、三十分歩いてこの場所に来た。めったに集落がないのでバス停も数が少ない。

「動かすの？」

「少し歩いてみて、ここよりいいところがあったら移すよ。今日のところは数時間だもんな。大丈夫だろう」

今日のところは？　また来るつもりか。そして大真面目《おおまじめ》に人目を避けたいと思っているらしい。ずいぶん警戒心が強い。

晶良は装備を調える伯斗の横顔に視線を送った。Tシャツの上にウィンドブレーカーを羽織り、フリースをザックにしまう。飲み水を点検し、シューズの紐《ひも》を結び直す。手袋をはめる。きびきびした動きの中にも、彼のやる気がうかがい知れた。

本気で村を探そうとしているのだ。村というより、埋蔵金?

子どもの頃のそれは、遊園地のアトラクションで見る海賊の財宝と変わらなかった。みんなが大騒ぎするほどの大発見で、大金持ちになれてしまう素晴らしい宝の山。抽象的なイメージだけで、とにかくどえらいものというのがすべてだった。欲の深さも大きさも、所詮十一歳の子どもレベルだったのだ。

九年経《た》ち、二十歳になった。今では多少なりとも埋蔵金の価値がわかる。言い伝えられている「時価数億円」の意味が現実のものとして想像できる。

大人になって探す埋蔵金は、冒険ごっこではすまないのかもしれない。

九年前に来たときは、早川から脇に延びた支流の河原を歩いているうちに、岸辺の一角に人工の石組みをみつけた。おそらく橋が渡してあったのだろう。橋脚ごとなくなっていたが、土台の一部が残っていた。よじ登ってみると道の痕跡があり、雑木林や急斜面の探索に閉口していた小学生は導かれるように進み、無人の集落に行き着いた。

あれが鳥見村かどうかを、調べなくては。

車を降りると、まずは周辺の状況をつぶさに見てまわった。村があるのは進行方向に向かって右側の山間だ。橋まで戻り、そこから川を渡る。

「村があるなら、ほんとうはそこに通じてる道があったはずなんだ」

伯斗にもっともなことを言われ、ふつうだったら素通りするところも立ち止まっていると、雑木林の間に草の茂っている場所をみつけた。左右から木々が迫っているので、幅にしたら二メートル足らずだが、草しか生えていない。半信半疑で背の高い雑草をかき分けた。十メートルも行かないうちに大量の倒木と大岩に阻まれる。

「土砂崩れかな」

村がなくなったあとなら、復旧の手は入らないだろう。唯一の道が閉ざされ、それきりか。

「おれたちもあのとき通常のルートから行こうとしていたら、たどり着かなかったのかもしれない」

「支流の河原から上がるしかないな」

岸辺に下りるのはさすがに昔よりらくだった。ごろごろ岩がひしめく足場の悪いところで、上流を目指し歩き出すと、晶良の携帯が震動した。ポケットから出し、ディスプレイを見るとカノコ先輩だ。

「サークルの先輩からだ。昨日、伯斗もちらっと会っただろ。今日の夕方までに甲府に帰れたら、打ち合わせがあるんだ」

昨日話したのとほぼ同じ内容のメールだったので、返さなくてもいいだろう。

「夜までには帰れるよな」

「うん」

「そういえば、この先輩の友だちが、来年の湖衣姫なんだよ」

「へえ、いいな。会ってみたい。子どもの頃の憧れの人だ」

伯斗が白い歯をのぞかせて振り返る。雲が広がり日が翳《かげ》り気温は下がってきたが、ふたりを取り囲む空気は暖まった気がした。

「湖衣姫と言えば信玄公祭りか。懐かしいな。ずいぶん行ってない」

「一緒に行って、雨に降られたことがあったろ。寒かった」

「覚えてる。止《や》むどころかザーザー降りになったんだよな」

震えながら、屋台で買ったたこ焼きを半分こして頬ばった。クラスの女子たちに出くわし、「あんたたち、傘がないの」とあきれられたのも思い出だ。ひとりの子が自分の折りたたみ傘を差し出したが、赤だったので断ってしまった。あの子はきっと伯斗が好きだったのだろう。

「東京には綺麗な人がいっぱいいるだろ。伯斗は彼女とかいる？　いるか」

「いないよ」

「ぜんぜん？　かけらも？　まったく？」

伯斗はちらりと晶良を見て足を滑らせ、おっとっと、とバランスを取る。

「ちょっと気になっている人はいる」

照れているところを見ると、ちょっとではなさそうだ。

「どんな人?」

「バイト先の人。年上だよ。二十四だっけな」

「例の編集プロダクションか」

「そう。でもおれのことなんか、ぜんぜん眼中にない。付き合っている人がいるんじゃないかな。矢口さんかもしれない」

チーフエディターで、伯斗が世話になっている人だ。

しょげた顔をされると親しみがわき、ふたりの距離が縮まったように感じて、小さくない反発が頭をもたげる。何事もなかったかのように昔話をして、車に乗り、手に手を取って河原を歩いているけれど、それは互いに二十歳という年になったからだ。気持ちに蓋をしている。わだかまりは依然として横たわっている。少なくとも自分は水に流していない。流せない。

おそらく伯斗にとっては些細《ささい》なことだったのだろう。埋蔵金への興味が、あるとき急になくなった。他の友だちの方が気が合っただけ。子どもらしい気まぐれだ。深い意味がないからこそ、ひょっこり現れた。でも自分はちがう。

幼なじみが今でも恨みがましく思っていると知ったら、あきれるのを通り越して気味が悪くなるかもしれない。そんなに傷ついたのかと哀れに思われるかもしれない。どちらも嫌だから二度と付き合いたくなかった。よりにもよって埋蔵金絡みで行動を共にするなんて。皮肉じゃないか。当時のことを楽しげに語られると、裏切り者と言いたくなる。

二十分も歩くと、見覚えのある石組みをみつけた。九年前とほとんど変わっていない。先によじ登った伯斗が手を差し出したので、それを摑んで晶良も上に出た。二メートルほどの高さだが空が近くなり、車の中からの眺めより見晴らしがいい。

「行こう」

促されて再び歩き出す。ゆるやかな斜面の中程に段差ができていて、人が通れるだけの幅がある。先へ先へと続いている。土砂崩れを防ぐような石垣もあった。昔の人が利用した道にまちがいない。

「伯斗、何か落ちてる。そこに白いの」

生い茂った雑草の間に、くしゃりとした白いものが見えた。路肩からすぐだが、下り斜面だ。晶良は腰を落とし慎重に足を踏み出し、手を伸ばした。

「なんだろう」

掴み取って身体を戻す。ふたりしてまじまじと眺めた。横長のタオルだ。「畑湯温泉旅館」と名前が入っている。近くにそういう温泉があったっけ。

「落とし物だよ」

「古くない。最近のじゃないか？」

雨露にさらされたのだろう。手触りがガサガサで枯れ葉や泥がついているけれど、地色の白はくすんでいない。温泉旅館を利用した何者かが、最近ここを歩いたのだ。

晶良は初めて、自分たち以外の存在を意識した。人里離れた山奥の道もないようなところだ。誰もいやしないと高をくくっていた。六川村が狙われているという伯斗の話を、半分も真に受けていなかった。

けれどちがうらしい。考えを改めなくてはいけない。

すげーな。びっくりだ。

タオルを手に言いかけて、晶良は声を詰まらせた。伯斗の顔は、まるで墓場で亡霊にでも出くわしたように強《こわ》ばっている。形のよい双眸《そうぼう》は見開かれ、眉はひきつる。肩が上下するのは、呼吸が荒くなっているせいだろう。

なぜそこまで驚くのか。いや、自分も驚いているけれど。

ついさっきまで、自分の本心を知られたらあきれられると思っていたが、逆だ。驚愕《きょうがく》の表情を浮かべる伯斗を、晶良は訝しむ。

「おいおい。おまえがすごく具体的な危機っぽく言うから、ここまで付き合ったんだぞ。あまりにもびっくり仰天されたら、おれの立場がない」

「悪い。夢中で東京から飛んできて、気が張っていたのかな。やっぱりと思ったら、くらくらした。おまえのことも巻き込んじゃったし」

「今更なこと言うなよ。しっかりしろ。これが伯斗の言ってる人たちの落とし物なら、向こうがかなり先んじている。おれたちは遅れを取ってるぞ」

晶良はコンビニの空き袋にタオルを入れて、リュックの中にしまった。

あれから十年近くが経っているのだ。中学までは同じ学校だったが高校で分かれ、ここ四、五年は顔を見ることさえめったになかった。知らない部分がたくさんあって当然だろう。少なくとも身長差はずいぶん縮まった。

山道を再び歩き出したが、具体的な痕跡をみつけた晶良の足取りは自然と軽くなる。それに引き換え伯斗の足取りは鈍い。左右や背後をしきりに気にする。

「足元、しっかり見ろよ。転《こ》けるぞ」

埋蔵金を狙っているグループに危機感を持ち、急遽《きゅうきょ》帰省して晶良に直接交渉し、昨日の今日で山に入ったわけだが、大胆不敵な行動を取っているわりに、伯斗はタオル一枚に動揺していらしい。

「そんなに危ない連中なのか」

晶良が問うと、伯斗はすぐそばまで駆け寄ってきてうなずく。

「最悪だよ。暴力振《ふる》うし、狡猾《こうかつ》だし」

「それで埋蔵金を狙うのか？　埋蔵金ってある意味、牧歌的じゃないか。お伽噺《とぎばなし》みたいな言い伝えを信じて、脳内お花畑というか、夢見る夢太郎というか。おれが言ってるんじゃないよ。朝会った吉井の言い草だ」

「まあな、おめでたくはあるだろうけど、時価数億円だっけ、そういうのが絡んでいたら金に汚いやつらは目の色を変えるよ」

「目の色を変えるくらい、具体的な手がかりがあるのかな。羨ましい」

言いながら思い返した。

「あるから、この場所を歩いているんだっけ」

「そうだよ。晶良、この先もしも不審な人影を見たり声が聞こえたりしたら、絶対にちょっかいを出すなよ。みつからないようにして、すぐに逃げろ」

「大げさな」

「狂犬みたいな連中なんだ。常識が通じない。じっさい法に触れるようなことをしでかしている。目をつけられたら、ただじゃすまない」

「通りすがりのハイカーでも？　有無を言わさず袋叩きにするのか？」

伯斗は考え込む顔になる。

「ほんとうになんでもない人間を装えたら大丈夫かもしれない。でも六川村の名前を出したらおしまいだ。たぶんね」

話しながらなので歩くペースは遅くなったが、やがて両側の木々が離れ空が広くなる。拓《ひら》けた場所に出たのだ。背の高い雑草の向こうに、建物らしきものが見えた。黒に近いエンジ色のトタン屋根だ。

「おお！　よかった。たどり着いた。昔も来たところだよな」

晶良はガッツポーズを取り、駆け出そうとしたが、後ろから伯斗に摑まれた。

「警戒しろって言っただろ。考えなしに動くなよ。まわりに狂犬が潜んでいるのを意識しろ。何かあってからでは遅い」

頭ごなしに言われ、晶良は口を尖《とが》らせた。死んだように静まりかえった雑木林や、枯れ草が風になびくさまは荒涼としてもの悲しい。イノシシに追いかけられても蜂に刺されても、たしかにここでは助けが望めないけれど。

「だからって、指をくわえて見てるわけにいかないだろ」

「おれが見てくる。待ってろ」

「やだ。行く」

「用心してくれよ。この言葉、顔の真ん中に貼りつけとけ」

「おまえの顔に貼っといてくれ。まずはあそこの集落が『鳥見村』かどうかも調べなきゃいけないな」

時計を見るとすでに三時近かった。県道まで戻る時間を考えたら猶予は一時間程度。四時を過ぎたら日が翳る。天候も思わしくなかった。いつの間にか風上の方角から色の濃い雲が広がっている。ひと雨来る前に引き返したい。

あたりをうかがいつつ一番近くのトタン屋根の家に、晶良と伯斗は忍び寄った。


九年前の夏も、朽ち果てた家屋はいたましかった。すげー、うへー、と口々に言いながらおっかなびっくり近づき、お化け屋敷さながらの見てくれに肩をすくめた。

強がって虚勢を張るのは小学生男子の常なので、臆せず家の中にも足を踏み入れた。あちこちのぞき込んでは奇声を上げ、蜘蛛《くも》の巣に騒ぎ、得体の知れない黒い固まりにたじろぎ、手をかけた柱が傾き、埃《ほこり》を浴びて退散した。

年月を経《へ》て再び目にし、変わらぬたたずまいに虚無感が募る。一階部分は広く、二階は二間あるかどうか。木造だ。建物全体がひしゃげて傾いていた。いつ潰れてもおかしくないように見えるのは昔と同じ。かつては庭にまわり、縁台から土足で中に入った。あの頃の姿を留《とど》めてはいるが、腐食は確実に進んでいた。破れたガラス窓から植物が侵入し、黒ずんだ畳から雑草が生えていた。天井も一部が落ちて、内装の壁紙がべろりと垂れている。こうやって家は死んでいくのだ。

いっそ重機で壊し、ブルドーザーで整地すればすっきりするのに、その手間賃を誰も出さないのだろう。

「ここに住んでいた人はどうしたんだろうな」

口にすると、伯斗が大人臭い声で応じる。

「若い世代は町に出て戻らず、老人ばかりになり、その老人も亡くなったり病院に入ったり、よその土地に移ったり、だろうな」

「誰もいないみたいだな」

「行こう」

感傷に浸る時間もない。二軒目へと移動し、三軒目、四軒目と見ていくうちに警戒心は薄らいだ。人の気配はない。最近、何者かが訪れた形跡もない。草木に踏み荒らされた跡はなく、こじ開けられた扉もなかった。家の内部には埃が積もっているので、足跡があればわかるはずだ。

途中の家で、消えかかった表札の住所がおぼろげに読み取れた。「鳥」の字がある。やはり、ここは鳥見村なのかもしれない。

六軒目はモルタルの壁に覆われた家だった。板壁の家よりも傷みが少ない。すさんではいるが、住宅街に放置された空き家くらいに現状を留めていた。少し前を歩く伯斗が再び警戒心を強めているのが伝わってくる。特に二階の窓辺が気になるらしい。珍しく窓ガラスが割れずに残っていた。

表札には「野口」とある。玄関には鍵がかかっていたので庭にまわると、背の高い植木が倒れ、掃き出し窓の一部を割っていた。そこから手を入れれば、ガラス戸の鍵が外せそうだ。

「どうする？」

村の名前をはっきりさせるために、家財道具の残っている家に入るのは有効な手段だ。ガラスにへばりついて中をのぞくと、ソファーやテーブル、サイドボード、食器棚のようなものが見えた。

「手紙の類が残っていたら住所がわかるよな」

晶良が重ねて言うと、伯斗がやっとうなずいた。倒木の枝葉をよけ、ガラスの割れ口に気をつけながら鍵を外し、そろそろと引き戸を動かした。思ったよりスムーズに滑る。五十センチほど開けて室内を見渡した。

「晶良」

押し殺した声で名前を呼ばれた。伯斗が指さす場所を見ると、引き戸を開けてすぐの床に新聞紙が落ちていた。つまみ上げてハッとする。床の色がそこだけちがう。

「この窓から、何者かが家の中に入ったんだ。足跡がついたから何かで拭った。汚れも一緒に取れてしまい、それを隠すために新聞紙を置いた」

伯斗の洞察力に、晶良は舌を巻く。さすが、賢い人間は瞬時に頭がまわる。

「いつ頃入ったんだろう。今は誰もいないだろ？」

「わからない。息をひそめているのかも。おれたちが現れたことは筒抜けだろうから」

大声をあげて近づいたわけではないが、玄関ドアのノブも動かしたし、雑草をかき分け庭にまわってきた。こうしている今も、ふたりの会話に耳をそばだてているのかもしれない。

「どうする？」

暗に、さっさと引き上げようと言ったつもりだ。けれど伯斗はじっと考え込み、意を決したように言った。

「せっかくここまで来たんだ。調べよう」

「鉢合わせしたらやばいんじゃないのか。いきなり殴る蹴るもありだと、おまえ言ったぞ」

「そうなんだけど、いないかもしれない。見てくるから晶良は待っていてくれ」

「またかよ。やなこった」

伯斗を押しのけ、細く開けたガラス戸の間から家の中に入る。ソファーセットの置いてある八畳くらいの部屋だ。左どなりに食卓らしいテーブルが見える。奥に台所があるのだろう。物音はまったく聞こえない。右どなりは襖がぴっちり閉まっていた。

土足では気が引けたが、伯斗も入ってきたのでソファーの横に立ち、どちらからともなく襖を指さした。

家具に当たらないよう気をつけてまわり込み、力任せに開いた。畳の間だ。誰もいない。ほっとして、全身から汗が噴き出す。伯斗は押し入れまで開けて中を確認した。続いてダイニングルームと台所も見てまわる。トイレ、洗面所、風呂場も異常なし。歯みがき粉や洗面器といった日用品を目にすると、申し訳ないが気味が悪い。

玄関脇に階段をみつけ、伯斗が先に行くと言い出した。さすがにそこは考え、意地を張らずに待つことにした。二階には複数の部屋があるらしく、襖を開け閉めする物音が続き、急に静まりかえった。

「伯斗、おい。どうした？」

返事がないのでゆっくり上がっていくと、西向きの一部屋で伯斗はぼんやり突っ立っていた。

誰もいないが、何者かがいた名残《なごり》がある。どこからか引っ張り出した布団が壁際に丸められ、畳に置かれたトレイの上にはガラスのコップ。一センチほど、透明な液体が入っている。おそらく水だろう。干からびてもいないし、濁ってもいない。

さらによく見れば、古びたがらくたの間に封を開けたままの袋菓子があった。チョコレートがコーティングされたビスケットが個別包装され、まだ半分以上残っている。袋はつやつやで真新しい。伯斗がしきりに気にしていた西の窓にも、最近ついたと見られる指の跡があった。

「いたのは何人だろう。大人数じゃないよな」

「野宿よりましだろうから、寝泊まりしたんだな」

「コップを置きっぱなし、食べ物もほったらかしで、出かけたわけか」

晶良がそう言うと、伯斗の表情が険しくなり、にわかに晶良を追い立てた。

「なんだよ急に」

「戻ってくるのかもしれない。やっぱり鉢合わせはパスだ。おれたちが入ったことを知られないようにして、今すぐ離れよう」

外に出ることは賛成だった。頼まれても長居したくない。開けてしまった扉を閉め、動かしたものがないことを確認し、最後は新聞紙もちゃんと戻してガラス戸から庭に出た。鍵を閉め、こそこそと家から離れる。

　黒々とした雲が広がり、あたりは夕方を飛び越え夜が来たような暗さだった。集落の間を突っ切り、走るようにして来た道を戻った。大粒の雫《しずく》がばらばらと降ってくる。静かだった森がまるで輪唱でもしているかのように雨粒の当たる音を響かせる。

　大急ぎで雨合羽を取り出し着込んだ。フードを目深にかぶり、あとは黙々と山道を進む。無人の集落と打ちつける水滴から逃れるように、前屈みで急ぐ。水かさの増した川に出た。雨脚は激しくなっている。じきに河原は水没するだろう。躊躇《ちゅうちょ》する時間さえ惜しかった。

　ほんの一瞬、伯斗と顔を見合わせ、どちらからともなく手を差し伸べるようにして河原に下りた。足場を確保しつつ、岩をひとつひとつ乗り越える。流れてくる倒木にも気をつけながら県道を目指した。

三章　梅雪の隠れ里

なんとか車にたどり着いたとき、ふたりとも全身ずぶ濡《ぬ》れ状態だった。雨合羽を着込んでいても顔から手から水が伝ってくる。雨よけのズボンを持ってこなかったので、下半身はびしょ濡れだ。天候の急変は珍しくない。突然の豪雨もよくあることだ。ずぶ濡れも何度か経験しているが、身体も慣れているかというとそんなことはなく、震えが止まらない。

「濡れてるのを脱いで、身体を拭け」

後部座席からタオルを引っ張り出した伯斗が、それを晶良に押しつける。

「着替えもある。なんでもいいよな、このさい」

髪の毛をざっと拭いた伯斗は着ていたものをどんどん脱ぎ捨て、裸になったところでTシャツを頭から被った。晶良もそれにならう。渡されたチェックのシャツに袖を通した。ズボンはそのままだが上半身だけでもびしょ濡れから解放される。その頃ようやく車内の暖房も利いてきた。

「なあ晶良、おれ、畑湯の旅館に行こうかと思う」

ハンドルに手を置いた伯斗が言う。彼もまた、震えが収まってきたらしい。

「これから？」

「しばらく雨は止みそうもない。視界も悪い。下部駅に戻るより、畑湯の方が近い」

「そこって、温泉があるんだっけ」

冷えきった身体を思うとあまりにも魅力的な提案だ。けれど、それだけではあるまい。

「もしかして、タオルの持ち主について探りを入れるつもり？」

「まあね。せっかくの機会だ」

「転んでもただでは起きない、というやつだな」

「付き合ってくれるなら、宿代はおれが払う」

「泊まるの？」

「温泉に入ったら、飯が食いたくなるよ。食ったら甲府まで帰るのが面倒になる。そうなるに決まってるって」

晶良の脳裏にカノコ先輩の顔がよぎった。今すぐ帰れば夕方からの打ち合わせにぎりぎり間に合う。でも、濡れ鼠《ねずみ》の状態では直行できない。

「旅館ってどれくらいする？　ほんとうに払えるのか。おれは千円札が五枚以下だ。昼飯にカツ丼食ったから三枚以下かもしれない」

「カードがある。とりあえず行ってみるのでいいか？」

助手席で縮こまり、吹き出し口から出てくる温かい風に手のひらを当てながら、晶良は控え目にうなずいた。

「ずぶ濡れで温泉宿に誘われるなんて。おまえが年上の綺麗な女の人だったら、最高のシチュエーションなのにな。想像するだけで鼻血が出そう」

「それはこっちのセリフだよ。助手席にいるのがなんで晶良なんだろ」

「大学まで来て引きずり込んだのはどこのどいつだ」

「災難だったな」

伯斗はカーナビを操作し、「畑湯温泉旅館」を目的地に定めた。ヘッドライトが灯《とも》り、サイドブレーキが外される。車がゆらゆらと揺れて動き出した。


叩きつける雨をワイパーが左右に散らし、のろのろと走り続けること十五分、カーナビの指示通りに曲がって進んで曲がって、無事、目的地に到着した。玄関脇の駐車スペースに空きがあったので車を止め、伯斗と共に晶良も外に出た。雨脚は弱くなっていたが空気がぐんと冷え、真冬並みの寒さだ。薄いシャツと濡れたズボンはこたえる。身震いして玄関に向かった。

見たところはふつうの一軒家と変わらない。横目で看板をたしかめ、引き戸のドアを開けて中に入る。こぢんまりとした玄関ホールがあった。床も壁も天井も木造で、やたら年季が入っている。焦げ茶色のソファーセットの向かいにL字形カウンターがあり、女性がひとり、書類にペンを走らせていた。

晶良たちに気づいて小首を傾げる。

「いらっしゃいませ。ご予約のお客さま？」

「いいえ。予約はしてないんです。飛び込みで今日、泊めてもらえませんか？」

「男ふたりです」

あらあらと言いながら、女性はカウンターから出てきた。

「雨に降られたのね。寒かったでしょう」

「甲府に戻ろうと思ってたんですけど、温泉の看板が見えたんで」

「部屋が空いていれば、そのまま泊まっていこうかと」

口々に言うと、女性は鷹揚《おうよう》にうなずいた。そばかすの浮いた化粧っ気の薄い顔ながら、表情豊かに目と口が動く。自分たちの母親よりも若そうだ。

「お部屋はありますよ。今からだとお夕飯も？」

「食べたいです」

「よろしくお願いします」

用意できるものでかまわないということで話がまとまり、伯斗は上がって宿帳に名前を書くことになった。晶良は車に戻り、ふたり分の荷物を取ってきた。女性の名前は久子《ひさこ》というらしい。常連客らしい親子連れに、さん付けで呼ばれていた。


「思ったよりお客さんって、いるんだな」

一刻も早く温まりたくて、部屋に案内されてすぐ、浴衣《ゆかた》と丹前を持って大浴場へと急いだ。湯船に浸《つ》かり、身も心もほどける。ほんの半日の山歩きのつもりが、道端でタオルをみつけて一変した。埋蔵金を狙っているのは一般常識の通じない凶悪な連中で、鉢合わせしないよう、細心の注意を払えと伯斗にしつこく言われた。廃村探検は緊張を強いられ、不本意ながらも完全な及び腰だった。突然の豪雨よりも疲れた。

そして伯斗は、相手が凶悪な一味と知りつつ、乗り込んできたことになる。あくまでも連中がほんとうに悪辣《あくらつ》ならばだが、ずいぶん勇猛果敢だ。六川村へのこだわりがまだあるのだろうか。

自分はどうだろう。絶え間なくザーザーと湯船に注ぎ込む湯の音を聞きながら、晶良は考えた。六川村のために危険を顧みず、交通費をかけて帰省するだろうか。わざわざ車をレンタルしてアルプス街道まで来るだろうか。雨に濡れたとはいえ、温泉宿に泊まるだろうか。おまけに宿賃は友だちの分まで払う。なんて太っ腹な。

伯斗の家は父親が甲府市内に設計事務所を構え、しばらくは順調だったがいっとき経営難に陥った。経理を任されていた人間が無断で事務所の金を使って株に手を出し、失敗したと聞く。晶良と伯斗が小学校時代のことだ。その後はなんとか持ち直し、今に至っている。手放さずにすんだ家は数年前にリフォームし、久しぶりに遊びに行った晶良の母親がとっても素敵だったとしつこく語っていた。ひとり息子の仕送りにも困っていないのかもしれない。

つまり伯斗は交通費もレンタカー代も宿賃も、ポンと出せるような境遇にいるのだ。六川村へのこだわりに、いちいち金勘定が出てくるのは我ながら情けないが、大学生にとっては死活問題だ。

気前のいい伯斗は、風呂から戻るなり、「桔梗《ききょう》の間」という八畳間で足を投げ出した。「はあ～」と大きな声を出す。浴衣の裾がまくれ上がるのもおかまいなしだ。男同士であまりかまわれても引くだろうが。

「疲れた？」

「運転もしたからな。温泉、気持ちよかった」

「だな。伯斗のおかげでおれも天国に行けた。お礼に茶でもいれようか。お菓子もあるよ」

濡れた衣類は洗濯機を貸してもらい、脱水機にかけて、物干し場にぶら下げた。乾きの速い素材で作られた登山用のウエアなので明日までになんとかなるだろう。

お茶が入ったところで、晶良はカノコ先輩にメールを送った。雨で足止めになったので、打ち合わせには行けないという簡単な文面だ。甲府市内も降っているだろうか。カノコ先輩から借り受けたコピー用紙を思い出し、鞄の中から引っ張り出した。

古い歌集と言うと気のない顔をされたが梅雪の名前を出せば、伯斗の反応は面白いように変わる。初めてその名を聞いたのは、例の郷土史研究をしている先生の口からだ。秘密の隠れ里を作ったのは時の権力者と言われ、子どもながらの素朴さで、武田信玄のことかと聞き返した。

「いいや。家臣のひとり、穴山梅雪さ」

先生の言葉に、家臣でも権力があったのかと驚いたものだ。

歌集の原本は文字がかすれている上に流麗な続け字なので、さすがの伯斗にも読めないらしい。添えられた現代表記を拾い読みしていく。中でも丸印のついている歌は晶良も気になっていた。

『富士やまの　みねより甲斐をながむれば　白峰とほく　ひかりふりつむ』

『ひがしにし　のぞみて鳥の鳴く声の　みすみのうちに　むつみありけり』

「穴山梅雪の作が交じっているからと貸してくれたんだ。この二点だと思うよ」

「そうかな」

伯斗は首を傾げる。

「ちがう？　印があるからてっきり……」

「梅雪は家柄のいい教養人だろ。そのわりにはパッとしない歌だなと思って。最初のはなんのひねりもないし、次のは意味がわからない」

言われてみればそうかもしれない。もとより晶良は歌の解釈など得意ではない。

「梅雪の作でないとしたら、なんの印だろう」

「誰がつけた印？」

「これを貸してくれたのはカノコ先輩だけど、印は叔父さんって人だと思う」

紙をぱらぱら眺めていると廊下から笑い声が聞こえてきた。風呂場で会ったおじさんたちだろう。定年退職したあとは、釣りと温泉巡りが楽しみだと上機嫌で語っていた。

「ここ、秘湯の宿としてマニアの間では有名らしいよ。タオル一本では落とし主がわからないだろうな」

晶良の言葉に伯斗もうなずいたが、「でも」と続ける。

「基本的にひとり客は取ってないそうだ。宿帳を書いているときに聞いた。予約はふたり以上からなんだって。今日みたいに飛び込みで、部屋に空きがあれば割増料金で応じる。そうだとすると、少しは印象に残っているんじゃないか？」

「タオルを落としたのがひとり客とは限らないだろ」

「空き家の二階で寝泊まりしていたのは、スペースからしてひとりだったと思うんだ」

あやふやな話だ。けれどそこに望みを繫ぐしかない。

夕食は六時半と言われていたので、少し前に一階の広間に下りていった。畳の上にテーブルが並んでいる。「桔梗の間」と書かれた席に座ると、エプロンをつけた初老の男性がやってきた。飲み物を聞かれ、ふたりしてビールと即答する。思えば伯斗と飲むのは初めてだ。

宿泊客がぽつぽつ集まり、食事の用意されているテーブルはあらかた埋まった。よくしゃべるのは例のおじさんグループと家族連れくらい。あとは二言三言の会話がたまに聞こえてくる程度で、みんな静かに箸を動かす。天ぷらや煮物、鹿肉の網焼きなど、他の人たちとメニューのちがいがあったかどうかはわからない。

夕食をすませ、いったん部屋に引き上げてから、晶良と伯斗は一階の談話スペースに向かった。カウンターの奥に設けられたベンチコーナーだ。壁際の棚には本が立てかけてあり、自由に読んでいいらしい。

　周辺のガイドブックをみつくろい、テーブルで開いていると、最初に口を利いた女の人が通りかかった。久子さんだ。晶良たちに気づき、足を止めてくれた。

「さっきは寒そうにしてたけど大丈夫？」

「温泉であったまりました」

「そう。よかった。油断して風邪を引かないようにね」

　伯斗の目配せを受け、晶良が会話を繋ぐ。

「夕飯もおかわりさせてもらいました。鮎《あゆ》の甘露煮も山菜の天ぷらもうまかったです」

「ああ。鮎はご飯が進むのよね。明日の朝もたくさん食べてね」

「ありがとうございます。そうだ、コーヒーを頼めますか？」

　壁に貼ってある紙切れを指さすと、彼女は笑顔でうなずき、一杯二百円という良心的な値段のコーヒーを持ってきてくれた。

「ふたりは大学生なのよねえ」

「はい。実は、隠れ里について調べています」

「あら」

「このあたりにもあるんですよね」

あらかじめ伯斗と話し合っていた話の糸口だ。

「奈良田《ならだ》のことかしら。そう言われていたみたいね」

彼女の言葉に、ふたりは思い切りの笑顔でうなずく。奈良田は六川村でも鳥見村でもなく、畑湯からさらに北上したところにある小さな集落だ。小学生の頃、初めて聞いたときは興奮した。

村名の由来となっている「奈良」は、奈良王とも言われた第四十六代孝謙《こうけん》天皇に由来すると伝えられている。孝謙天皇は女帝で、婦人病にかかったさい、神のお告げにより霊験あらたかな温泉地に赴いた。千三百年も前の話だ。女帝にちなんだ七不思議も残っている。

古い歴史を持つ村だが、晶良たちが色めき立ったのは他の部分。戦国時代、甲斐の国の中でも辺境の地にあったそこは、武田信玄が意図的に隔離した村という伝承がある。まわりを険しい山に囲まれ、旅人が行き交うような道もなく、物売りの類も入らない。村人は自給自足で生計を立て、小さな集落を維持する。これだけなら山奥の村に珍しくないかもしれないが、奈良田村は税制面での優遇を受けていた。どういうわけか年貢を免除されていたらしい。理由は今もって謎とされている。

隔離されていたので、言葉遣いが近隣の里とは異なり、甲斐の国訛《くになま》りを使わない。そのあたりから「隠密を育てていた」という説を唱える人もいる。極秘の軍議を開いた場とする人もいる。徳川家康が訪れたという言い伝えも残っている。

奈良田は信玄公の亡きあとも外部との接触をいっさい断ち、長いこと隠れ里であったらしい。晶良たちの探す六川村とよく似ているのだ。

「奈良田以外にも聞いたことはありませんか？　隠れ里は他にもありますよね」

湯気の立つコーヒーをすすっていた伯斗も、カップを下に置いて身を乗り出す。

「そうねえ。信玄公ではなく、穴山梅雪の隠れ里かしら」

ビンゴ。

ふたりしてほとんど同時に腰を浮かした。立ったままの彼女が座れるようスペースを空け、どうぞどうぞと手招きする。

「これでも仕事中なのよ」

「お願いします。ちょっとだけでも聞かせてください。梅雪の隠れ里についてはほんとうに情報が少なくて」

切実な思いは伝わったらしく、ベンチの端っこに腰を下ろしてくれる。

「じゃあ、穴山家のことは知っているのね。戦国時代、武田家を支えていた重臣の家柄。中でも一番有名なのは信君《のぶきみ》。のちの穴山梅雪。母親は信玄公の姉で、自身も信玄公の娘を娶《めと》っていた。親族と言ってもいい間柄よ。そしてこの一帯は穴山家の領地だった。だから、主君の信玄公に内緒で、信玄公が持っていた奈良田のような秘密の里を、自分もこしらえたと言われている。私が知っているのはそんなとこ。子どもの頃、近所のおじいさんから聞いたの」

「場所はこの近くですよね？」

「そう。でも、私が話を聞いたときはすでに、村そのものがなくなっていたらしい。奈良田とちがうのはそこよ。あそこは今でも残っているでしょ。梅雪の隠れ里は場所もはっきりしてない。そのおじいさんも行ったことがなかったみたい。残念がっていたわ」

ますます六川村に重なる。

穴山梅雪は甲斐の国にちなんだ埋蔵金伝説に、必ずと言っていいほど出てくる重要人物だ。一五四一年生まれ。父は穴山信友。母は武田信虎の娘。信玄公に仕え、「武田二十四将図」にも描かれているが、忠臣かとなるとそうでもなかったらしい。信玄公亡きあと、跡を継いだ勝頼とはそりが合わず、長篠《ながしの》の戦いでは戦線から離脱。その数年後には家康を通じて武田家の宿敵である信長に寝返った。

天下人として諸国を牛耳《ぎゅうじ》る信長に取り入って、自身と家の安泰、待遇についての好条件を引き出すためには、相応の見返りが必要だっただろう。すでに弱体化していた武田家の内部事情では、手土産にもならない。そこでものを言ったのが金の力とされている。甲斐の金山で採れた黄金だ。

天正十年、西暦一五八二年の五月、梅雪は家康を伴って信長に謁見すべく上洛を果たす。上々の首尾だったと伝えられている。そこから堺に足を延ばし、遊び歩く余裕もあったようだが、このとき本能寺の変が起きる。信長は明智光秀によって討たれた。突然の訃報にさぞかし驚いたことだろう。にわかには信じがたくても、ほんとうならばぼやぼやしている暇はない。引き連れている家臣は、物見遊山の途中とあって少ない。巻き添えを避けるために、一刻も早く国元に帰らなくてはならなかった。

家康とは別行動となり、これが明暗を分けることとなる。家康は光秀の追っ手をかわし、命からがら領地に戻るも、梅雪は京都のはずれの山中で、落ち武者狩りの賊に襲われ命を落とす。梅雪にとってはまぎれもなく非業の死だ。裏切り者のそしりを受けようと、穴山家の今後を見据えての主君替えならば、志半ばの憤死と言ってもいい。甲斐の国を統治する野心も持っていたとする説もある。そのための用意に、ぬかりはなかったらしい。あった用意。イコール金策だ。梅雪はどこにどれくらいの軍資金を蓄えていたのだろう。あったことはほぼまちがいない。

埋蔵金伝説の中には、襲った賊が謎の書き付けをみつけ、そこから黄金を探し当てたという話もまことしやかに残っている。すべてを掘り起こさず、在処《ありか》を子孫に伝えたという新たな伝説さえ生まれている。今なお発見されず、領地のどこかで眠っているという説はとりわけ有力だ。隠すために隔離させた秘密の村の、片隅などに。

「その村の名前はなんていうんですか」

「覚えてないの。もしかしたら教えてくれなかったのかもしれない」

「今の話、このあたりの人はみんな知ってるんですか？」

「ううん。興味がなければ、耳を傾けることもないでしょ。そのおじいさんも積極的に話しまわったわけじゃないし。私が聞いたのも何かの流れでなんとなくよ」

晶良は「そうですか」とつぶやいた。伯斗は別のことを口にする。

「隠れ里の話をごく最近、別の誰かとしませんでしたか」

「別って？」

「サークルの先輩で、連絡の取れなくなった人がいるんです。おれたちのように飛び込みで、ここに泊まったかもしれません。心当たりはありませんか。二十代半ばの男です」

これもあらかじめ用意しておいた作り話だった。彼女は怪しむことなく首をひねる。

「さあ。どうかしら。あなたたちみたいに、ここで地図帳を広げてた人はいたわね。飛び込みでいらした人かもしれない」

「話をしましたか？」

「ううん。ただ、地図帳だけでなく、昔話の本や古いグラビア雑誌を熱心に眺めていたの。

歴史好きなのかなと思った。それで今、頭に浮かんだんだわ」

「いつ頃ですか」

「ほんの数日前よ」

晶良の脳裏に、拾ったタオルと空き家の二階がよぎった。三、四日前だとするとちょうど合う。

「ごめんなさい。私、もう行かなくちゃ」

引き留める言葉は浮かばず、ふたりそろって、ありがとうございますと言って頭を下げた。

コーヒーを飲み終わってから晶良たちも部屋に戻る。座卓が隅に寄せられ、布団がふた組敷かれていた。その上に寝っ転がり、今の話について思いつくましゃべっていると、伯斗の鞄のわきで携帯が振動した。

「見なくていいのかよ。さっきからときどき受信してるだろ」

「矢口さんだと思う。急な仕事が入っても、ここにいたんじゃどうせ無理だから」

「おまえがこっちに来ているの、矢口さんは知らないのか？　もとはと言えばバイト先で掴んだ情報だよな。無断で動くってのはまずくない？」

いや、それはと、伯斗はごまかすような苦笑いを浮かべる。大丈夫と言われても疑わしい。怪訝に思っているとまた着信があった。今度はわざとらしく手を伸ばす。

携帯に出てすぐ「おれです」「すいません」と言っているところをみると相手は年上らしい。矢口なのだろう。「鞄に入れっぱなしで気づかなかった」というのは明らかな嘘だ。「今は地元の山梨です。急用ができて」、これはほんとうか。

「——え？」

ふいに、伯斗の声が変わった。

「中島が？　どうして。なんですか、それ」

ただならない気配に、寝そべっていた晶良も身体を起こした。

「怪我《けが》とか、そういうんじゃないんですか。どこかの病院に担ぎ込まれたとか。そんな……。どうして死ぬんですか。元気でしたよ。はい。いや、でも。ちがいますよ。そうじゃなくて」

伯斗は苦しげな、絞り出すような声で言った。

「殺されたんですか。中島は誰かに殺されたんだ。そうでしょう？　矢口さん」

そのあと、うなずくような仕草をくり返してから伯斗は電話を切った。

晶良は呆然《ぼうぜん》としている彼のもとへとにじり寄った。

「今のどういう電話？　中島って誰？」

「やばい連中のひとり」

「そいつがなんだって？」

「死んだらしい。自宅のアパートの一室で、亡くなっているのがみつかったって」

部屋の中か。

「死因はまだはっきりしてない。不審死ということになるみたいだ。でも……」

「でも？」

「この時期に、急に具合が悪くなって亡くなるとは考えられない」

「じゃあなんだよ」

伯斗は唇を嚙んで顔を伏せる。

「殺されたって、おまえ、電話で言ってたよな。ありえるのか」

肩に手をかけ揺さぶると、頭が縦に振られた。

「相手は誰だ。誰に殺《や》られた？」

「つるんでいた連中だと思う」

「みつかってもいない埋蔵金のせいで、人が死ぬのか？」

「おれも詳しい状況は知らない。ただ中島ってのは、幹部だけが握っている極秘情報をこっそり盗んだらしいんだ。本人から直接聞いたからまちがいない。そのせいで仲間に追われているのを、おれは見た。もしも捕まったら、死ぬほどいたぶられるのは想像できる」

死ぬほどではなく、ほんとうに死んでしまったのか。

「待てよ。おまえの言っている『連中』ってのはどういう組織なんだ。何人くらいいて、どういう幹部がいる？　ここに来ているのはいったい誰？　温泉のタオルを落とした人間に、おまえ、少しは心当たりがあるんじゃないか？」

「中島は横取りしたものを、彼が唯一信頼している人間に託したと言ってた。そいつが一足先に来たのかもしれない」

「なんで今まで黙ってたんだよ」

「おれにもよくわからないんだ。組織のやつらが乗り込んでくるとも考えられる。中島が仲間を追いかけてくるかもしれなかった。先行している人間の行動だって、おれには読み切れないよ」

ただひとつ、警戒を怠るなということだけは、はっきりしていたのだ。だから晶良にもしつこく念を押した。

手の中の携帯をじっと見つめていた伯斗が、おもむろに操作し始めた。晶良が見守っていると、「しまった」と声を出す。

今度はなんだ。

「みさきさんからメールが来てた」

「誰それ」

「三つ咲くと書いて三咲。バイト先の人だよ。大変なことが起きた、連絡くれって……」

言いながらあわてて電話をかける。伯斗が憧れている女の人では？　河原で照れ笑いを浮かべながら話してくれた人だ。

「だめだ。繋がらない」

「今あわてるくらいなら、ちょくちょく見てりゃよかったのに」

「村の探索に集中しようと思ったんだよ。何があっても駆けつけられないところにいるわけだし。敢《あ》えて見ずにいたんだ。でも帰らなきゃ。すぐに。中島が死んだなら、たしかに大変なことが起きた。三咲さん、今、どうしているんだろう。なんで繋がらないんだよ」

「帰るって、いつ？　おれはもう寝る。夜だよ」

「しまった、ビール！」

「そうだよ。運転できない」

伯斗はぼやきながらもリダイアルをくり返し、晶良はそそくさと布団に潜り込んだ。

翌朝の起床時間は七時と、伯斗から言われた。早く起きて早く帰ろうというのだ。生返事でいたところ、前の晩、思ったよりすんなり寝ついたらしく七時過ぎには目が覚めた。着替えたりトイレに行ったりと、同室の人間がばたばたしていたせいもある。

朝食を取り、伯斗にしかめっ面をされてももう一度温泉に浸かり、身支度を調えて階下に下りていくと、昨夜、話を聞かせてくれた久子さんがカウンターの中にいた。

「朝ご飯、しっかり食べられた？」

「はい。朝風呂にも入ってきました」

笑みと共に晶良はキーを手渡し、伯斗は財布を取り出した。一泊二食付き、ふたり分の宿泊費にビール一本を追加し、領収書を切りながら、ふと思い出したように久子さんは言った。

「昨夜話していたあなたたちの先輩、今どこにいるか、わからないの？　捜してるって言ってたでしょ。なんか、ちょっと気になって」

どう答えるべきか判断しかねて伯斗を見ると、慎重に言葉を選ぶようにして口にする。

「行方不明なんです。前からふらりと出かける人だったから、まわりはあまり気にしてなくて。でもおれたちは心配で。ひとりで山に入ってなきゃいいけど」

「そう」

「ここに来たときはどんな装備だったか覚えていませんか？」

久子さんは記憶をたぐるような顔になり、しばらく考え込んでから言った。

「よく覚えてないわ。ということは、重装備ではなかったんじゃないかしら」

「ひとりでしたか？」

「だと思うわ」

ありがとうございます、と言って外に出た。雨は上がったものの空気はしっとりと湿り気を帯び、近くの山肌に白い靄《もや》が絡みついていた。

＊

伯斗とはそれきりだ。

なんの連絡もない。

畑湯から下部に出て、甲府市街に入り、大学の近くまで来たところで車から降ろされた。レンタカーを返しに行くと言っていた。

東京に戻ってからどうなったのか。連絡がないので知る術《すべ》もない。

学食の片隅で晶良が携帯をいじっていると、背後から声をかけられた。

「死体発見、殺人、東京。どういうキーワード検索だ、それ」

吉井はチャラい色つきフレームで、にやにやしながら言う。身構えるより先に脱力だ。

「東京でみつかった不審な死体って、どうすれば検索できると思う？」

「発見場所は？」

「アパートの自室らしい」

「不審ってことは、病死や自殺には思えない要素があったということだな。事故なのか、事件なのか。いつ頃？」

晶良のとなりに座り込み、自分の携帯を取り出して指先をすいすい動かす。

「発見されたのは三日前。若い男だと思う。名前は中島」

吉井の指が止まり「ん？」と聞き返す。

「それはいったい何者？」

「よくわからない」

三日前ねえと、吉井の目が細くなり、唇のはしが持ち上がる。

「おまえは知らなくても、伯斗くんは知ってたりするのかな。おまえたちが仲良くハイキングに出かけた日だ。お泊まりになったんだよな。雨が降ったからだって？　甲府で降り始めたのは八時過ぎだよ。夕方降っていたのは、どこだろう」

「いいよ、推理しなくたって。下部の先だ」

「ただのハイキング？」

返事をしないでいると、「おお」と声を上げる。

「それっぽいのがあるじゃないか。大田区のアパートで、若い男性が亡くなっているのを、同じアパートの住人が発見。死因は不明。警察は事故と事件の両面で捜査中」

「でもそれ、中島じゃないんだ」

「名前、菅池《すがいけ》雅彦さん。二十六歳か」

「ぜんぜんちがうだろ」

「そう？　ほんとうに『中島』が正しいのか？」

ひょいと投げかけられた言葉に、晶良は顔を上げた。食えない笑みがそこにある。

「偽名だっていうのか」

「さあな。何やってる人だよ。伯斗くんとはどういう関係？」

「バイト先の絡みだ。あいつ、編集プロダクションでバイトしてるらしい。そこで――」

口にしかけて言いよどむが、いっそ笑ってもらおうと開き直る。

「埋蔵金だよ。狙ってる人たちがいて、ターゲットが山梨県内だったから、あいつも気になって調べに来た。三日前のハイキングはそれ」

吉井はおもむろに「ほう」と言った。

「中島さんってのも、埋蔵金を探しているひとりか」

「おい。笑わないのか。いつも笑うだろ。埋蔵金って聞いたとたん、思い切り小馬鹿にして」

「そして気の毒に、殺されたかもしれないんだ、中島さん」

「どうしてそれを？」

「検索ワードにあったぞ。『殺人』って。もしかして今、伯斗くんと連絡が取れてないんじゃないか？　取れてればこんなところでネット検索してないだろ。だとしたら彼自身のこともっと心配した方がいい」

「おれが？」

「友だち甲斐のないやつだな。殺人事件ともなれば超やばい状況だろ」

口惜《くや》しいが言い返せない。晶良が唇を嚙んでいる間にも、吉井はテーブルの上で山梨県の地図を開く。

「下部の先となればこのあたりか」

早川沿いのアルプス街道をあっさり指さす。

「小学生の頃、伯斗とふたりで探したエリアなんだ。空振りばかりでなんの収穫もなく終わったけど、あそこだけは他人に暴かれるのが口惜しいと言われ、おれも付き合った」

「伯斗くんも埋蔵金探しをやっていたのか」

「宝探しごっこだよ。小五のひと夏だけ。猛烈に夢中になったあと、あっという間に冷めた。それきりまったく足を向けてない」

「久しぶりに行ってみて、今度はどうだった？」

一瞬ためらい、口にする。

「九年前にも廃村をみつけている。そこに向かう途中、およそ人が歩くとは思えないところに、旅館の名前のついたタオルが落ちていた。ほんとうに誰か来ていると思って興奮したよ。伯斗が言うには、埋蔵金を狙っているやつらはとんでもなく凶暴らしい。くれぐれも気をつけろとしつこく言われた。半信半疑でいたんだけど、そのあと寄った旅館で、中島って男の死を知らせる電話があった」

「伯斗くんはおまえに、どんな感じで話したんだ」

「凶暴な連中はそれなりの頭数がいて、中島は幹部だけが握っている重要な極秘情報を横取りしたそうだ。それがバレて追われているのを伯斗も見たと言っていた。捕まって、ひどい目に遭わされたんじゃないかって」

「死ぬほどか」

訝しむ気持ちはよくわかる。自分も似たようなことを口にした。

「伯斗はそう思っているらしい」

「ふーん。だったら、あるのかもな」

「やけに素直だな」

「彼は信頼できる男だよ。おれと同類の匂いがする」

意表を突かれ、目を剝いて身体を引く。

「どこが同類だよ」

無駄口を叩いている時間が急に惜しくなり、さっさと退散しようとしたとき、今度は背後から「晶良くん」と呼ばれた。振り向くと、森の中の魔女集会から帰ってきたばかりのような、ずるずるとした黒装束の人が立っていた。

「カノコ先輩」

「ごめんなさい。わざとじゃないの。ほんと」

何が？　という顔をするしかない。背中にリュックタイプの鞄を背負い、両手は空いている。食べ物や飲み物を買って、通りすがりに足を止めたのではなさそうだ。相変わらず前髪が顔の半分を覆っているので、表情が読みにくい。

「私、晶良くんがいるのをみつけて、伊那行きの話もあったし、そばまで来たの。そしたら……」

「はい」

「となりにお友だちがいて」

「はい。ですね。わかりました。いかにもめんどくさそうな男がいて、気軽に声がかけられなかったんですね。大丈夫ですよ。こいつなら、たった今消えますので。おい」

吉井に向かってひと睨みし、手で払いのけようとすると抵抗を見せる。

「なんだよ、それ。おれに用事があるのかもしれないだろ。邪魔なのは晶良の方で」

「ちがうの」

「ほーらみろ。邪魔はおまえだ、吉井」

「ちがうの」

ん？　細い肩をさらにすぼめ、カノコ先輩は不安そうに片手を口元にあてがった。

「あやまったのは、ふたりの話を立ち聞きしてたからなの。今、してたでしょ。そこの話」

細い腕がすっと持ち上がり、晶良と吉井の間に差し伸べられる。広げてあった山梨県の地図の西側を指さす。

「中島さんって誰？」

意外なことを聞かれる。ひとしきりためらったあと、カノコ先輩は口を開く。

「私の叔父さんがね、趣味で山歩きをするの。それで五日前に、早川の支流で若い男の人をみつけたんですって。あちこちに打撲の跡があって、意識も朦朧《もうろう》として、近くの崖から落ちたんだろうってことはわかった。応急手当をしたんだけど、とてもひとりじゃ運べない。それで道路まで戻って、通りすがりの車を止めて、乗ってた人に手を貸してもらい、なんとか診療所まで連れて行ったの」

ここまではいい？　という顔をされたので、晶良も吉井もうなずいた。同時に、カノコ先輩が立ったままなのにも気づき、吉井がひとつずれ、ふたりの間に座ってもらった。

「その人は大きな怪我もなく診療所で意識を取り戻したんだけど、頭を打ったせいなのか、記憶がぼやけているんですって。自分の名前についてもあやふやで、どこから来たのか答えられない。倒れていた付近に荷物はなく、まったくの手ぶらだったから、身元のわかるようなものもない。叔父さん、困ってしまい私に連絡してきたの。大学内で何か聞いてないかって。その人の年頃がちょうど大学生くらいに思えたみたい。でも私はぜんぜん聞いてないし、友だちも先輩も先生も首を傾げるだけ」

晶良も同じく困惑顔になるだけだ。

「それでね、その人が朦朧とした意識の中で、しきりに言っていたのが『中島さん』なの」

思わず吉井と顔を見合わせた。珍しい名前ではないが、偶然にしては出来すぎだ。

「『中島さんと約束してる』とか、『中島さんはどうしてる？』とか、『中島さんが危ない』とか」

「危ない？」

「うん」

「その人は今どこにいるんですか」

「叔父さんの診療所にいる。叔父さん、医者なの」

だから応急手当もできたのか。

「警察はなんて言ってるんですか。身元不明の怪我人なわけですよね」

「相談はしたと思う。でも、小さい子どもってわけじゃないでしょ。今のところ進展はないみたい」

「謎の人物のまま入院中ってことですか。そしてその人の心配した通り、伯斗の知る『中島さん』は大変なことになってしまった」

吉井も横から言う。

「山で怪我をした謎の人物Aの、知り合いである中島さんは、埋蔵金を狙うグループの一員だった。もしそうなら、Aも同じく一員なのかな。山奥にいた理由になる」

「温泉宿のタオルを道端に落としたのもAか？　辻褄《つじつま》が合う」

色めき立つふたりの男の間で、縮こまりながらカノコ先輩が言う。

「Aではなく、イニシャルにするならT、かな。叔父さんが名前を聞いたとき、田中って答えたらしい。でも下の名前は教えてくれないんですって。なんとなく『田中』っていうのも本名かどうか怪しく思えてくるって」

偽名？　ついさっき、「中島」についても吉井から言われたばかりだ。

田中と名乗る人物に直接当たれば、「中島」についての手がかりが得られるだろうか。温泉宿のタオルも確認できる。

「先輩、叔父さんの診療所ってどこにあるんですか。その人に会ってみたい」

「おお。いいねえ。おれも行く。先輩、住所プリーズ」

歌うようにチャラチャラ言う吉井の頭を、はたいてやろうと晶良は腰を浮かしたが、谷間で小さくなっているカノコ先輩から小さな手が上がった。日陰のもやしのように、弱々しく。

「私も行く」

「え？」

「私も、行く」

同じ言葉ながらも二回目にはいつになく強い力がこもっていた。

さんざん伯斗から脅された言葉がリアルに蘇る。六川村を狙っているのは狂犬みたいな連中。常識が通じず、目をつけられたらただじゃすまない。暴力的で狡猾。

じっさいに痛ましい犠牲者が出ているのかもしれない。関わらない方が身のためだと思っても、伯斗のことはやはり気になる。

いきなり現れて、十年近いブランクを強引に飛び越えた伯斗は、今どこで何をしているのだろう。

東京・伯斗

待ち合わせに指定されたのは、ファッションビルの二階にあるカフェだった。女性の喜びそうな華やかなケーキがショーウィンドウにずらりと並んでいる。にこやかに出迎えてくれた店員に連れがいると言うと、どうぞと案内された。

三咲はすでに窓際の席に座っていた。店内の明るい雰囲気に合わせ、伯斗も重苦しい気持ちを押し隠す。一輪挿しの飾られた白いテーブルを前に、三咲もぎごちない笑みを浮かべていた。

これからしなくてはならない会話を思うと不釣り合いな場所だが、だからこそ選んでくれたのだろう。女の子たちの笑い声と甘い匂いは、薄汚い野良犬たちの気配を遠ざけてくれる。

席について、メニューを受け取る前にコーヒーを頼んだ。

「三咲さんの顔を見てほっとしました。心配で、生きた心地がしなかった」

「それはこっちのセリフ。そっくり返す。伯斗くん、どこに行ってたの」

まわりから浮かないよう、せっかく優しげに微笑んでいるのに、三咲は形のよい眉毛も目も吊《っ》り上げて伯斗を睨みつける。

「今日はみんな吐かせるから覚悟して」

「こんなところで物騒なこと言わないでください」

平和で健全な空気を胸深く吸って、伯斗は久しぶりに肩の力を抜いた。三咲は四つ年上の二十四歳で、ジャーナリスト志望の、向こうっ気の強い女性だ。子どもの頃、父親の経営していた会社が潰れ、家屋敷を失っただけではすまず多額の借金がのしかかり、家族はばらばらになった。今は生きているのか死んでいるのかもわからないと、深酒した彼女が一度だけ語った。

危ない取材やきつい張り込みに音を上げず、何がなんでもネタを摑もうとするガッツは、厳しい境遇を生き抜いてきたからかもしれない。はっきりした物言いや、笑ったり怒ったりの生き生きとした表情も魅力だ。

「さっそくだけど、山梨に帰っていたんでしょう？　矢口さんに聞いた。なんの用事だったの？」

「急に思い立ったことがあって」

「私、何も知らないわけじゃないのよ。亡くなった中島とよく一緒にいた男、山梨の出身って聞いたけど。もしかして伯斗くん、その男の行き先を調べていたんじゃない？」

あまりにも鋭い読みに驚いてしまいそうになるが、こらえた。

「なんですか、それ。考えすぎですよ」

「ちゃんと話してね。すごく重要なことなんだから。伯斗くんはこれまでも、取材や聞き込みとは別に中島と会っていたでしょ？　それだって知っているのよ。何を話していたの？」

「どうしてあのグループにいるのかって、個人的に気になったんです。一対一で話せば中島は悪い人間ではなかった。あの連中と手を切りたいけど、抜け方がむずかしいと話してました」

「それで最終的に、足を洗うよりも裏切りを選んだというの？」

「そうなるのかな」

「伯斗くん、中島とつるんでいた男のことはどこまで知っているの？　どうやら中島は盗んだものをその男に預けたみたいなの」

伯斗は運ばれてきたきりだったコーヒーに口をつけた。ぬるくなったそれを喉に流し込む。

「おれはただの学生バイトです。三咲さんもよくわかっているでしょう。中島がおれに、めぼしい情報を漏らすわけがない」

「だったら山梨で何をしていたの？」

「久しぶりに幼なじみに会って、温泉に浸かってきました。向こうはもう晩秋の雰囲気ですよ」

三咲の顔に落胆が浮かぶ。絶好のネタをものにするチャンスと意気込んでいたのだろう。殺人事件が絡めば記事の重要度も跳ね上がる。彼女のやる気、というより野心を、伯斗はよくわかっていた。どんな危ない橋でも止める手を振り切って渡ってしまうような人だ。けっして多くを語れない。ひと言も漏らすまいと心に決めていた。

「これからどうするの？」

「とりあえず今から事務所に行くつもりです。矢口さんに会って、中島のことをいろいろ聞かなくちゃ」

時計を見る仕草をすると、三咲も残っていたコーヒーを飲み干した。いつの間にかとなりのテーブルには、旅行のパンフレットを眺めるカップルが座っていた。ケーキが運ばれてきて、小さな歓声と共にあわててパンフレットをどかす。

自分と三咲にはああいうシーンがありえないのだろうか。この店にふさわしく、笑顔の似合う明るくて甘くて幸福なふたり。

無理だと、よくわかっている。彼女の首筋や胸元にはときどき恋人とのそういう時間を匂わせる跡が残っている。

「私はこれから人に会う約束があるの」

「だったらここで」

「もうひとつだけ、聞かせて」

会計用の伝票をつまみ上げ、彼女は真剣な顔で身を乗り出した。

「六川村を、あなたは知っている？」

意表を突かれ目が泳ぐ。それが返事になってしまっただろうか。

「どこにあるのか、教えて。検索してもみつからない。山梨県内にあるんでしょう？」

「ないですよ。とっくの昔になくなった村です。そして誰も行き着けない」

「でも中島はそこに行くつもりだったらしい」

「誰に聞いたんですか」

「私にも情報源はあるわ」

伯斗は唇を噛んで目を伏せた。死んだ中島が行きたかった場所。生きていれば目指すはずだった場所。

彼が亡くなっても、今なお、歩を進めている人間はきっといるのだ。

三咲と別れて地下鉄を乗り継ぎ、事務所のある最寄り駅で降りて地上に出た。日はすっかり暮れていた。繁華街のあるような駅ではないので表通りからして人通りは少ない。一本内側に入った路地を歩いていると、ビルとビルの間からぬっと人影が現れた。顔を見るなり足が止まる。例のやばいグループの幹部のひとりだ。たしか名前は上原。

とっさに身の危険を感じたが身を翻《ひるがえ》すより先に詰め寄られた。腕を摑まれる。

「待ってたんだよ。おまえに話がある」

上原の手をふりほどこうとするが放してくれない。

「逃げるなって。ほんとうに話があるだけだ。おれは中島をやってないよ」

「やる」という言葉が伯斗の脳内で「殺《や》る」に変換される。体格もよく、男臭い風貌をしてほどじゃないが話を聞いてやったんだ」

上原をまじまじと見返す。

「おれはどっちかというとあいつの味方だった。抜けたがっているのも知っていた。相談ってほどじゃないが話を聞いてやったんだ」

それは中島もほのめかしていた。抜けるならば時機を見るようにと忠告されたらしい。相手は上原だったはず。町中で中島を見かけたとき、追いかけるメンツの中に上原はいなかった。

伯斗の身体からふと力が抜ける。それを待っていたかのように、摑まれていた手もほどける。解放されたわけではない。がっちりと肩を組まれ、引きずられるようにして歩き出す。

「中島から、おまえあての伝言を頼まれている。もしも何かあったら伝えてほしいって」

「なんですか？」

「道端でするような話じゃねえよ。顔の利く店がある。そこで話そう。一緒にいるところを見られたら、おれではなくおまえがまずいことになるぞ」

逆らえない言葉だった。上原とはそれなりに顔見知りで口を利く間柄だとは、少なくとも幹部連中には知られたくない。

上原に連れて行かれたのは五分ほど歩いた先にある古いビルだった。狭くて急な階段を下りるよう言われ、下りきると左右に店があった。片方はドアの隙間にチラシが押し込まれ、完全に閉まっている。もう片方は看板を確認する前に上原がドアを押し開けた。

中は真っ暗だった。照明のスイッチを上原が入れたのだろう。灯《あか》りがついて伯斗は唖然《あぜん》とした。椅子やテーブルの類が隅に押しやられた無人の店内だ。ここもすでに営業していない。

「邪魔が入らずゆっくり話ができるよ。なあ」

言われて振り返ると、上原は凄《すご》みのある笑みを浮かべていた。唯一の出入り口であるドアの前に仁王立ちしている。

「中島が言ったんだよ。田中の行き先ならおまえが知っていると。六川村というそうだな。どこにあるのか教えてもらおうじゃないか」

ついさっき、多少は常識のあるまともな人間に思ってしまったことを、埃臭い淀《よど》んだ空気の中で伯斗は激しく後悔した。

四章　再会と出奔

カノコ先輩の母方の叔父は、早川町にある小さな診療所で週三日、内科医として働いているそうだ。それ以外の日は身延町の総合病院にいるとのこと。近隣の住民からすれば常駐してくれる医師が理想だろうが、たとえ三日でも町まで出ずに医療が受けられるのは助かるらしい。

山中で発見されたという怪我人は診療所に運ばれ、今でもそこにいるという。

話を聞いた翌日、晶良は午後の授業とサークルのミーティングをサボって診療所に向かうことにした。カノコ先輩の叔父さんなのだから、彼女が付き合ってくれるのはこのさいありがたい。けれど吉井がくっついているのはいかがなものだろう。突っぱねる気でいたら、「もしかして、ふたりで行きたいわけ？」と先輩の前で言い出し、それ以上を黙らせるのがやっとだった。

診療所まではカノコ先輩が車を出してくれた。ころんとしたかわいらしい軽自動車だ。運転技術を密《ひそ》かに案じていたが、背もたれから背中を浮かしての前傾姿勢と、バックミラーやサイドミラーを見るときの不自然なまでの素早さに緊張を強いられるくらいで、思いの外スムーズだった。

助手席に晶良が座り、吉井は後部座席。これに文句がなかったのは、吉井もまたカノコ先輩の運転に不安を持っていたのだろう。ハンドルさばきやブレーキのタイミングに、そこそこ慣れたところで後ろから話しかけてくる。早川町に近づくと廃村探検の話ばかりだ。自分も行きたかったと拗《す》ねる。

「今日でもいいや。診療所のあと、行ってみようよ」

後ろから気軽に言われ、即座に「パス」と答える。

「どうして。道案内くらいしろよな」

「何度も行きたくなるような場所じゃない」

「だから、おれにも声をかければよかったんだ。あの日！　あのとき！」

「埋蔵金に興味はないくせに」

「廃村には興味がある」

不毛な言い合いをしていると、カノコ先輩が横から口を挟んだ。

「でも、小学生の頃の晶良くんたち、すごいよね。伝説の場所って県内にたくさんあるけど、エリアからさらに的を絞るのは大人だってむずかしい。どの山に入るか、どの沢をたどるか、選択肢は無数にあるんだもの。その中で、手がかりになりそうな廃村にたどり着いたんでしょ？　大人顔負けってやつだね」

ストレートに褒められて、助手席で晶良は照れた。その空気を厭うように、後ろから吉井が言う。

「早川沿いにも伝説ってあるんですか、カノコ先輩」

「私より晶良くんの方がずっと詳しいよ。っていうか、吉井くん、聞いてないの？」

「聞いても今まで右から左で」

「言ってないよ。これからも言わない」

「子どもだなあ。拗ねるな。よしよし」

後ろから頭をいじられたので、その手を思い切り叩いてやる。

「あのね」と、カノコ先輩。

「すみません。横で騒いだりして」

「私も聞きそびれたことがあるの。晶良くん、埋蔵金の中でも興味があるのは穴山梅雪の隠し財産よね。山梨と言えば信玄公の方が有名なのに。どうして梅雪なの？　いろいろ調べていてそこにはまるならまだしも、小学生の頃から狙い続けているんじゃないの？　理由があるなら聞いてみたい」

郷土史の先生が六川村を梅雪ゆかりの場所だと教えてくれたからだ。素直に言ってみたいが、伯斗との約束がある。誰にも秘密というそれを、破れないでいる。

「埋蔵金って面白そうじゃないですか。図書館で調べ始めたときに、たまたま隠れ里について書かれた本をみつけたんです」

「奈良田のこと？」

「はい」

「でも奈良田は信玄公の隠れ里でしょ。そのあと、梅雪の隠れ里についても記述をみつけたの？」

さすがカノコ先輩は詳しい。

「そんな感じです」

「早川沿いの山の中でも、探していたのは梅雪の隠れ里なのね？」

晶良は「はあ、まあ」と曖昧にうなずいた。伯斗の顔がちらついた。肝心のことはバラしていないのだから、ヨシとしよう。

じっさい川の両側には深い山が延々と連なる。具体的なヒントがなければ、最初の一歩も踏み出せやしない。やみくもに分け入って、大当たりの近くまで行ける確率は宝くじ並み。

廃村をみつけたという晶良たちの快挙も、祖母たちの地図があってこそだ。

背後からは「穴山梅雪ねえ」と吉井の声がする。いかにもな、知ったかぶりの声なので聞こえなかったことにする。

カノコ先輩もそれきり黙ってしまったので、しばらく車内にはカーラジオからの軽快なポップスが流れた。

やがてウィンカーがコチコチ音を立て、車のスピードが落ちる。路地に入る。一方通行の標識はなかったが、一台通るのがやっとの道幅だ。草ぼうぼうの空き地やシャッターの下りた倉庫の先に、公民館のような建物が見えてくる。カノコ先輩の運転する車は隣接する駐車スペースへと滑り込んだ。

エンジンが切られるのを見てから、晶良は表に出た。平屋の建物には「岩佐診療所」との看板が掲げられていた。

「ここ、岩佐っていう地区なの」

説明を受けながら、男ふたりはおとなしくあとについていく。入り口の扉には、「ただいま診療時間外」と書かれた札がかかっていた。壁に貼られた案内によれば、診療時間は月・火・木の午前九時から十二時までと、午後三時から五時まで。診療科は内科。晶良たちが到着したのは、火曜日の午後二時を少しまわったところだった。

「話はしてあるから、鍵はかかってないんじゃないかな」

バリアフリー用のスロープが横に作られていたが、晶良たちはコンクリートの階段を三段上がり、カノコ先輩がすすんで前に出なかったので、代わって晶良がノックを数回したあとにドアノブに手をかけた。

古びた磨りガラスがはめ込まれた重々しい扉だ。引くとびくともしなかったが、押すとすんなり動く。

「お邪魔します」

誰もいない。しんと静まりかえった薄暗い玄関には、下駄箱と来客用のスリッパがあるだけ。受付カウンターの小窓もぴたりと閉まっていた。左奥に待合室らしき部屋が見える。木の床の上に灰色のソファーが並んでいる。壁はくすんだベージュ色。健康診断を呼びかけるポスターは右下が派手にめくれ上がり、誰が描いたのかわからない風景画も飾られていた。絵本ラックやおもちゃの詰まった箱もあるが、首がもげそうに曲がったぬいぐるみがシュールすぎて直視できない。今にも降り出しそうな曇天のせいもあるだろう。室内のすべてが陰鬱だ。

「叔父さん、診察室かも」

「看護師さんとかもいるのかな。いますよね？　ひとりじゃないでしょう？」

何しろ人の気配がまったくない。カノコ先輩は靴を脱ぎ待合室へと向かう。晶良も吉井も後ろからスリッパをぺたぺた鳴らす。無人の部屋を通り抜けると、「第一診察室」というドアがあった。

先輩がノックして、おっかなびっくりといういつもの雰囲気でドアノブをまわした。

照明がつき、ほのかな明るさに満ちた部屋だった。そして人がいる。白衣をまとった男性がスチールデスクに向かい書類を手にしていた。

晶良たちに気づくと椅子をひねり、「おお」と声を上げた。よく日に焼けた浅黒い風貌の人だ。口元から白い歯がのぞく。髪型はベリーショート。てっぺんの毛足だけ長いのがキューピーさんのよう。顔立ちからすれば、らっきょうみたいだ。黒酢漬けのらっきょう。人懐こい笑みでもって、訪問者を歓迎してくれた。

先輩もほっとしたように肩の力を抜いたし、吉井はいっぺんで親しみをもったらしい。押しかけてすみません、お会いできて嬉しいですと愛嬌を振りまく。

でも晶良は、すぐには言葉が出なかった。まさかと何度も打ち消す。顔に見覚えがあったのだ。

「カノちゃんの友だちならいつでも大歓迎だよ。いいね、カノちゃん、ボーイフレンドがふたりもいて」

「そんなんじゃないの。今日は用事があって来ただけ。ねえ、晶良くん」

呼ばれてやっと前に出た。白衣の先生は椅子に腰かけたまま晶良を見上げ、晶良もまっすぐに視線を向けた。相手の笑みは変わらない。こんにちは、という雰囲気で目尻を下げる。

「おれは坂上晶良といいます。こっちは吉井。先生のお名前は？」

「ん？」

「カノコ先輩の叔父さんで……」

「ああ。国分《こくぶん》というんだよ。国分祐二《ゆうじ》。カノちゃんの母親の弟だ。だから苗字はちがうんだよね」

「こくぶんじ？」

語尾を上げてつぶやくと、相手の顔つきがゆっくり動く。疑わしいものでも見るような目で晶良を眺めまわし、ハッと息をのんだ。腰を浮かす。

「まさか、君」

「ですよね」

「山でうろうろしていた小学生坊主？」

「やっぱり！」

「夏休みの頃だっけ。迷子になったり崖から落ちそうになったり」

「国分寺さん、医者だったんですか。てっきりおれ——」

「君、晶良くんだっけ。いくつになった？」

「二十歳です。大学二年生」

白衣の国分寺——国分先生は腰を浮かし、晶良の片手を摑んだ。真顔になって言う。

「村をみつけたか。幻の村に、君たちまさか、たどり着いてやしないだろうね」

「いいえ、まだです」

晶良は首を横に振った。自然と口元がほころぶ。あの夏に戻される。深い森に分け入って、道なき道を進み、憑《つ》かれたようにさまよって満身創痍《まんしんそうい》、喉はからから。遭難の恐怖ととなり合わせ。真っ青な空と真っ白な雲が蘇る。

「その口ぶりじゃあ、国分寺さんも空振りのままですか」

「生意気言うな。おいそれとはみつけられないから、特別のスペシャルなんじゃないか」

日本語と英語で同じことを言っている。顔を見合わせどちらからともなく噴き出すと、脇腹をカノコ先輩につつかれた。

「晶良くん、叔父さんと前にも会ったことがあるの？」

「宝探しの途中でですよ。道に迷っていたら助けてくれた人がいて。まさかカノコ先輩の叔父さんだったなんて。びっくりです」

白衣の先生はあわてて割り込む。

「カノちゃん、たまたまなんだよ。夏山をのんびり気ままに歩いていたら、リュックを担いだ坊主ふたりに出くわした。叔父さん、ちゃんと帰り道を教えてやったんだよ」

「崖から落ちそうになっていた、っていうのは？」

「そのまんまだよ。カノちゃんにも見てほしかったな。かっこよかったんだぞ。スーパーマンよろしく、ピンチの少年たちの前に現れみごとに救出。いわば命の恩人ってやつだな。晶良くん。もうひとりの男の子はどうした？　そっちの彼はちがうよね」

「元気です。もうひとりの方は、東京で大学生をやってます」

「ほう。それはよかった。懐かしいなあ」

晶良は笑みを引っ込め、おいおい待てよと心の中で言う。うろんな眼差《まなざ》しを先生に向けた。たまたま？　のんびり？　ありえない。あのとき出会った男は、ひと月もふた月も里に下りずに山中で暮らし、ひたすら埋蔵金の在処を探し求める生粋の山師だった。本人がそう言っていたのだ。小学生相手に得意げに。

たしかに山と同化していた。伸びきった髪を無造作にゴムでくくり、髭《ひげ》を生やし、くたびれた衣服をまとい、不潔で不衛生のきわみでも、生き生きと俊敏に野山を移動していた。助けてもらい、感謝もしたし尊敬もしたが、本音を言えば伯斗と共に引いていた。「いっちゃってる大人」の見本のような気がして。

目の前の人はまったくの別人だ。こざっぱりと身なりを調え、書類やパソコン、さまざまな医療器具に囲まれ清潔で、知的ですらある。九年前より若く見える。

そのくせ、まくり上げた袖口からのぞく二本の腕は、光り輝くほどの赤銅色《しゃくどういろ》だ。筋肉がいい感じについている。白衣の下も同様だろう。町中ではなく、山に近い場所で働いているのも怪しい。今なお足繁《あししげ》く山に通い、探索を続けているのではないか。

それで怪我人をみつけたのか。

「そうだ。沢でみつけて運ばれてきた人について、教えてもらえませんか」

「ああ。その件で来たんだよね。君に心当たりがあるの？　未だに本人は自分が何者だか思い出せないらしい」

「ここにいるんですよね？」

「うん。昔の名残で入院できるような病室があるんだよ。経過観察ということで、その部屋を使っている。建物の奥には当直室もあって、おれが住んでいるんだ。食事や洗濯はなんとでもなる」

「先生も、ここに？」

ますます怪しい。週三日、通ってきて診療所を開けているのではなく、ここに住んでときどき働き、あとは好きなことをやっているのではないか。

胡散臭い思いでいると、それまで大人しくしていた吉井がひょいと首を伸ばし、話しかけた。

「働いているのは先生ひとりじゃないですよね」

「もちろんだよ。看護師も薬剤師も受付の事務員もいる。今は昼休みで家に帰っているんだ。近所の人たちだから。もうすぐ戻ってくるねえ」

「怪我をした人の容体はどんなです？」

「幸い、心配するほどのものではないが、かなり昔にも後頭部に大きな怪我を負っている。今回ので症状がぶり返した可能性がある。君たち、何か知っていることでも？」

聞き返され、吉井が晶良を見る。カノコ先輩も小首を傾げ、のぞき込む。先生の表情がまた変わった。落ち着けていた腰を再び浮かし、今度は本格的に晶良の腕を摑んで自分の方へと引き寄せた。吉井たちに背中を向け、晶良にぴったりくっついて小声で言う。

「カノちゃんと同じサークルということは、まだあきらめちゃいないんだよな。その君が、あの男のことでやってきた。なぜだ？　あの男は何者だ？　今すぐすべて吐け。隠すなよ」

「先生」

押し返し、逃れようとするがしつこく絡まれる。

「忘れるな。おれは命の恩人だ。おれがいなきゃ、君は谷底に真っ逆さまだった」

「ありがとうございます。感謝してます」

「感謝より情報だ。あの男とどういう関係？　あの男もやっぱり……あれだろ？」

背後から、いつになくきっぱりしたカノコ先輩の声がした。

「祐ちゃん、あれって何？」

「いやその、なんでもない。昔話の続きだよ」

姪《めい》っ子に「ちゃん付け」で呼ばれ、亀のように首を縮める。先生はどうやら生粋の山師（本人談）であることを、身内には隠しているらしい。もしくは内緒にしたいようだ。せっかく医者にまでなったのなら、おかしな山っ気など出すなと、身内から言われているにちがいない。

カノコ先輩は歴史好きで郷土史研究会に入った。埋蔵金探索サークルであることを、あとから知ったと聞いている。まともな人だ。

「先生こそ、知ってることを教えてください」

形勢逆転。晶良は白衣の袖を引っぱった。声をひそめて言う。

「怪我した人は、どこか特別な場所でみつかったんですか？　それとも先生の気になることを口にした？　だからここに連れてきた。そうか。病室を提供して経過観察してるのも、親切心だけじゃないのか」

「何を言う。医者としてのまっとうな配慮だ」

「その人も、例の村を探しているんですね。おれたちも先生もたどり着けない場所」

「君は何を知っている」

「九年前、目星をつけた廃村があります。そこにもう一度行ってみたら、誰かが畑湯温泉のタオルを道端に落としていた。その『誰か』が何者なのか知りたいんです。先生のみつけた怪我人は……」

先生の眉がきゅっとしなった。

「おそらく同一人物だろう。昨夜、旅館の人が訪ねてきた。怪我人の噂が耳に入ったらしい。顔を見て、うちに泊まった人だと言ってたよ」

旅館の人とは久子さんかもしれない。

「だったら身元がわかったんでしょう？　宿帳に書いてある」

「住所や電話番号はでたらめだったらしい。たぶん名前も」

徹底している。

「おい。そっちの情報もよこせ。目星をつけた廃村とはどこだ？　なぜ、どうして、もう一度行ってみようと思った？　偶然にしては出来すぎだろ。偽名で旅館に泊まった男が、このあたりの山に入った。直後、君が同じ道を歩く。タオルを拾ってわざわざ調べ始める。何か、きっかけがあったにちがいない」

「先生が怪我人を発見したのは偶然？」

「そうとも言えるし、ちがうとも言える。山はよく歩いているからな、偶然みつけるよ。歩いているエリアを思えば偶然でなくなる」

埋蔵金が眠っているとされる隠れ里の近くだ。怪我人は、先生が狙いを定めたエリアで発見された。

「九年前、おれと一緒にいた小学生は伯斗っていうんです。さっき話した通り、今は東京にいる。そいつがほんの数日前、いきなり甲府のキャンパスにやってきました。埋蔵金を狙っているグループが本気で例の村を探そうとしている。おれたちで先んじようと」

先生は黙った。身体の力をスッと抜き棒立ちになる。しばらくそうしてからうつむいていた顔を上げ、今度は白い天井を仰いだ。

「なんにでも、動き出すときというのがあるんだろうな。いろんな物事が一斉に音を立て、嚙み合っていく。だとしたら今度こそ、みつかるかもしれない。だったら、いいな」

瞬《まばた》きと共に、目尻の深い皺《しわ》が動く。

「おれの夢だ。幻とされたものをこの目で見たい」

意図を持って作られた村への思いだ。数百年を経て消し去られた里。黄金が眠っているという伝説の真偽。

自分も立ち会うことができるだろうか。晶良は静かに深く息を吸い込んだ。

「先生がみつけたという怪我人に、会わせてください」

聞かなくてはならないことがある。伯斗が血相を変えて東京に戻った理由、中島という男について。

診察室の奥には処置室やレントゲン室があり、その向こうに廊下を隔てて病室が並んでいた。手前のドアを先生がノックする。返事がないので開けると、白いベッドがあるだけで誰もいなかった。

「どこに行ったんだろう。洗濯でもしてるのかな」

廊下の突き当たりにある勝手口から先生は表に出た。外には手入れのなされていない庭と物干し場があり、タオルやシャツが風に揺れていた。

「田中さん」

呼びかける声がする。

「おかしいな。散歩かな」

それを聞き、晶良と吉井は顔を見合わせ足早に廊下を引き返した。玄関で靴を履き、生け垣と建物の間を抜けて庭に出た。

「いないんですか」

「ときどき散歩には行くんだよ。台所かもしれない。当直室の中にあるんだ。自由に使うよう、言ってある」

「ざっとまわりを見てきます。先生は家の中を」

「ああ。今日はブルーのダンガリーシャツを着ている。昼まではいたんだよ。昼飯に残り物のカレーを食べていた」

勝手口からカノコ先輩が顔をのぞかせたので、行ってくると合図を送り庭をあとにした。ひなびた集落で、住んでいる人がいるのかどうか怪しい家が静かに軒を並べていた。路地には誰もいない。白いビニールハウスをみつけ、そちらに行ってみたが作業をしている人はなく、青いシャツの男もいない。道端のお地蔵さんだけがきれいな赤い布をかけ、果物や花を供えられていた。

県道に出てまわりをきょろきょろしながら戻ると、向かいから来た一台のバイクも同じように診療所の前で止まった。中年の女の人だ。挨拶すると、ここで働く看護師とのこと。

「甲府からのお客さん？　学生さんかしら」

「はい。怪我して運ばれた人に会いに来ました。でも、急にいなくなっちゃって」

「田中さんでしょ。うそ。どうして。いたわよ、昼には」

声が聞こえたのか、先生とカノコ先輩も玄関にやってきた。

「家の中にもいない」

「もしかして、本格的に出て行ってしまったんでしょうか。荷物は？」

「身ひとつで運ばれてきた。財布もなかった。山中に落っことしてきたんだろう。回収のために週末には出かけようと話したばかりだ」

「先生の私物でなくなっているものは？　お金とか」

言いにくいことだが、晶良は尋ねた。

「心配するほどの大金は置いてないよ。貴重品の類も。持っていかれたとしてもたかが知れてる。あとでよく調べてみるが、気になるのは山の装備だ。リュックのひとつが見あたらない」

では山に？　体調が万全ではないのに、ひとりで山に？

どうする、と吉井が聞いてくる。昼までいたのなら遠くには行っていない。追いかけたい。今すぐ追いかけよう。

晶良が言いかけたところで、看護師さんが口を開いた。

「田中さんも気になりますけど、塚本さんも行方不明だそうですよ」

先生が「は？」と聞き返す。

「塚本さんとこの次男の充雄《みつお》くん、さっき、私の家に来たんですよ。車ならすぐなんで。先生にも話しといてほしいと頼まれました。あとで来るかもしれません。ひどく心配してたから」

塚本というのはとなり村で鉄工所を経営している人だそうだ。数日前、先生のみつけた怪我人を運ぶさい手を貸してくれたらしい。

「行方不明ってどういうこと？」

「四日ほど前に、塚本さん、充雄くんに言ったそうです。手形はなんとかなる、借金はみんな返せるからって。そのあと下部のスナックでしこたま飲んで、べろべろに酔っぱらい、山でどえらいものをみつけたと騒いだんです」

「どえらいもの？」

「ええ。先生、あそこの工場が最近の不景気で立ちゆかなくなったことは知ってますか。今度、不渡りを出したらもうダメなんですって。借金を抱えて倒産するしかなくて、充雄くんも弱り果てていたんですよ。塚本さんにしてみたら、跡を継がせるために充雄くんを呼び寄せたでしょ。親としてはほんとうにつらいと思うわ。深酒しては、おれひとりが破産すればよかったとこぼしていたんですよ」

「大変だな。で？」

「下部のスナックでは人が変わったみたいに興奮してたそうで。飲み仲間のひとりが、まるで埋蔵金を掘り当てたみたいだなってからかったんですよ。そしたらウンウンとうなずき、涙ながらに万歳三唱したんですって」

先生の喉仏がごくりと動く。虚空《こくう》へとさまよわせた視線を晶良に向ける。お互いに何を思っているのか、探りたいような探りたくないような。

「落ち着こう。こういうときは落ち着かなくちゃいけない。永井さん、塚本さんの居所がわからなくなったのはいつだっけ？」

永井という看護師は身振り手振りで話を続ける。

「スナックで飲んだのが四日前で、その翌日、出かけたきりだそうです。充雄くんもね、最初のうちは金策にでも出かけたのかと思ったんですよ。だんだん心配になって方々を当たったけれどわからない。山菜採りやキノコ狩りの、いつものところにもいなかったって」

「姿が見えなくなってもう三日か」

「この前、うちに田中さんを運んでくれたでしょう？　あのあとから様子がおかしかったかもしれないって。充雄くんが」

そのとき、玄関のドアが開いてもうひとり、女の人が入ってきた。薬剤師さんのようだ。先生は時計を見て、診察の準備を女性ふたりに任せ、奥へと引っ込んだ。晶良たちもあとに続く。

「先生、塚本さんが埋蔵金探しに出かけたなんてこと、ありえるんですか」

「ないとは言い切れない。一発当てれば楽になれると、これまでも冗談めかして言っていた。宝くじを夢見るようなものだよ。本気じゃなかった。でも、最近はたしかに思い詰めた顔をしていたかもしれない。鉄工所、そんなに厳しかったのか」

「怪我をした田中さんから、何か聞いたってことはありますか」

先生は唇を噛んだ。握り拳を鼻の頭にこすりつける。

「どうだろう。塚本さんと一緒に運び込んだときには、意識が朦朧としてまともに話ができる状態じゃなかった。譫言《うわごと》のようにいくつかの言葉をくり返した。その中に、例の村の名前があった」

六川村だ。

「自分はなんとしてでもそこに行かなきゃいけないと言っていたよ。約束だそうだ」

「誰との？」

「中島って人だ。その名は何度も口にしていた」

晶良は吉井を見て、カノコ先輩を見た。ふたりとも小さく首を縦に振る。伯斗の受けた電話にあった「中島」と、怪我した人間が口にした「中島」は、やはり同一人物か。

「田中さんは村の位置について、手がかりを言ってましたか？」

「ないと思うが、塚本さんと彼がふたりきりになる時間はあった。ここに運び込んでも誰もいなくて、治療の用意はひとりでしなきゃいけなかった。ベッドに横たわった彼を、塚本さんに見ててもらうよう頼んだ」

そのとき、何かしらやりとりがあったかもしれない。可能性の問題だ。

「ほんとうなら今すぐ塚本さんを捜しに行きたいが、診療をほっぽり出すわけにもいかない」

「おれが行きます」

「おれも」

晶良と吉井の意気込みにつられたのか、カノコ先輩もひょろりと片腕を動かす。

「私も」

「学生の君たちに危ないまねはさせられないよ。とはいえ、塚本さんもなあ、心配だ。田中さんを発見したところまで見に行ってもらおうか。彼もそのあたりにいるかもしれない。近くには視界が開けてる場所があるから合流しやすい。目印になる大岩もある。ただし、そこまでだぞ。くれぐれも無茶はしないでくれよ」

吉井が自分の地図帳をすばやく開く。先生の指先が曲がりくねった早川をとらえ、北上して東側の山へと入っていく。このあたり、というポイントを見て、晶良は内心の驚きを押し殺した。

九年前、国分寺と名乗った山師気取りの先生は、幻の村を探していたけれど、どうやらそれは見当違いの方角だった。ついこの前の、伯斗の見立てからするとそうなる。歩けども歩けどもたどり着けず、徒労に終わっただろう。秋から春にかけて雪に覆われるこの地帯では、探索できる期間がとても短い。東側の山をあきらめ、西に移った時期があったかもしれない。宝探しはほんとうにむずかしい。

でも今、先生が目星をつけているエリアは、晶良たちのそれにもう少しで重なりそうだ。さらに、田中と名乗った人物が歩いていたのは、ずばりと言っていい場所だった。祖母たちが持っていた地図の、小鳥のマークを廃村である鳥見村とした場合、そこからたどった先に田中はいたことになる。

じっさいの山の中には高低差があり、高い場所で足を踏み外して落下し、怪我を負ったというのは十分考えられる。

田中はおそらく、六川村の場所を知っている。でなければ自分たちのように、かなり正確な地図を持っている。

「おい」

吉井に肩を叩かれ、晶良はハッとした。

「ぼんやりするな。さっさと行こう」

五章　黄金伝説

車は来たとき同様、カノコ先輩が運転した。吉井のマップに先生がルートを書き込み、その出発点である川沿いのポイントまで連れて行ってくれた。

カノコ先輩も同行したがったが、男ふたりはさておき、かわいい姪に危ないまねはさせたくなかったのだろう。先生は別の用事を頼んだ。塚本さんの息子である充雄さんを捜し、診療所まで連れて行くというもの。夕方の診察をなるべく早く切り上げ、先生は充雄さんと共に合流場所にやってくる。日没までに間に合わなければ、合流を待たずに引き返すよう言われた。携帯の電波はおそらく届かない。

連絡がつくうちにと、晶良は伯斗に電話をかけた。田中について話したかったが、伯斗は出ず留守番電話に切り替わった。仕方なく、こちらもいろいろあり、人捜しでこれから山に入ると吹き込んだ。

「なあ晶良、塚本さんはほんとうに埋蔵金を掘り当てたんだろうか」

県道から離れ、早川の支流に沿って山道を歩いていると吉井が話しかけてきた。ほんの四日前、伯斗とたどったルートとは異なる。

「それはないと思うよ」

「どうして。いきなり否定かよ。倒産を免れると塚本さんは万歳三唱してるんだぞ」

「いくらなんだって一日や二日で、しかもひとりで、財宝を掘り出すなんてできないよ」

「でも先生もおまえも、血相変えて塚本さんのあとを追いかけてるじゃないか」

「遭難を心配してるんだ」

四日前よりペースは速い。山道に慣れている吉井とだから。目的地までたどり着けるかどうかは日没との戦いだ。

「塚本さんは埋蔵金があるとされる隠れ里をみつけたのかもしれない。あるいは、財宝っぽいものの一部を発見したのかもしれない。そしていったんは自宅のある村に戻り、日を改めてもう一度山に入る。だとしたら連絡が取れないのは心配だ。今度も単独っぽいし」

「ふーん。冷静なんだな。なんか面白くない。おれなんかすげー興奮したのに。地面を掘ったら大判小判がざっくざく。これをやった人がいるんだ、って」

晶良は吉井を見て苦笑いを浮かべた。

「昔からこの手の話はたくさんあるんだ。怪しげな男に声をかけられ、駄賃いくらで山での作業を請け負う。連れ立って山中に分け入る。日が暮れて洞穴で寝ていたら、男がそっと起き出してどこかに行ってしまうんだ。あとをつけると男は土の中から瓶を掘り出していた。かちゃかちゃ音のするものを懐にしまっている。それだけ見て洞穴に引き返し、今度は明け方、男がよく寝ているのをたしかめてから自分も瓶を掘り出す。すると中にあったのは黄金の小判だった。一枚だけくすね、瓶をもとに戻し、なにくわぬ顔で木の実や蔓《つる》を収穫して男と共に山を下りる。後日もう一度、本格的に盗みに行こうとしたら、どこをどう歩いてもたどり着けず、小判は得られなかった」

「ほう」

「他には、謎の地図を手にした男が、それをたよりに山に入り、小判の詰まった箱を発見する。ひとりでは持ち帰れないので、いったん村に戻り、人手を集めていると横取りを企んだ者に殺されてしまう。地図を奪った男は、意気揚々と探しに行くのだけれど、一部がちぎれていて箱の場所はわからずじまい」

「へえ」

「バリエーションは豊富だよ。そしてこれらの話では、たいてい踏襲されるパターンがある。なんだかわかる？」

「男ばっかり出てくる」

拳を握って脇腹を狙ってやったがよけられる。

「あのな、一度は黄金を目にするんだ。でも、二度目はない」

晶良の言葉に、吉井は口を開けたまま空を仰いだ。

「そうか。結局自分のものにはならないってことか。みごとなまでのチラ見せで終わる」

「よけいにあきらめがつかないよな」

「その場で全部ガメちまえばいいのに。後日の仕切り直しなんかせずに。あ、ちょっと待てよ、塚本さんも同じパターンってわけか」

晶良はうなずく。

「先生もすぐに想像したと思う。だから焦ったんだ」

鈍っていたふたりの足取りが速くなる。計画を立てたトレッキングではペース配分も重要だ。無茶に飛ばしたりしない。でも今は田中が発見されたというポイントまで、一気に距離を詰めたい。

歩き出して三十分。当初の目的地にたどり着いた。怪我を負った田中は、ふらふらの状態で沢を下りてきて、河原の片側で先生に発見された。先生は応急処置を施したものの、ひとりではどうにもならず田中を安全な場所に横たえたあと、助けを求めるべく県道に戻った。

そこに、塚本さんの運転する軽トラックが通りかかった。事情を話すと手伝ってくれるという。塚本さんと共に沢に引き返し、ふたりがかりで怪我人を車まで運んだ。

身元を示すものを何も持っていなかったので、近くに荷物でも落ちてやしないかと、先生は翌日の早朝、単独で山に入ったそうだ。枝に引っかかっている衣服の一部をみつけ、落ちた場所の見当はついたが、崖の上には登れなかった。かなりの高さがあったのだ。迂回するルートも近くにはなかった。

ぺらぺらの紙の地図を見ていれば、ほんの少しの距離に思えるが、じっさいは近寄る術さえなく遠回りを強いられる場所がある。悪路、難所をくぐりぬけ、へたをすれば数日がかりのことも。荷物を捜しに行った先生も、仕事の兼ね合いがあってその日は長居できず、途中であきらめたそうだ。回復した田中を伴って、次の週末にでも崖の上を目指すつもりだった。

両者の遭遇した河原には、青い布の巻かれた石が置いてあった。先生の作った目印だ。晶良もあらかじめ言われた通り、黄色の布に到着の時間を書き込み、石に巻いてとなりに並べた。

この近くで塚本さんを捜せと言われている。けっして遠くには行かないようと、釘をさされている。けれど田中が落ちたという崖下までは行ってみたかった。吉井もその気満々だ。

ここはスタート地点にすぎない。熱心にマップを睨み、ふたりして藪《やぶ》に分け入った。

西の空の雲が切れていたので、それまでの道のりでは夕陽の明るさが広がっていた。けれど茂みに入ったとたん、ひと足もふた足も早く夜が近づいてくる。

「先生たち、今日は無理かもな」

晶良の言葉に、吉井は肩をすくめる。

「診察の時間を早く切り上げるって言ってたけど、おれたちが出かけるときにはもう、待合室がにぎわってた」

「やきもきせずに、治療に専念してほしいよ」

ついつい利いたふうなことを言ってしまう。

「九年前に会ったときは、今とはちがったの？」

「まったく。ぜんぜん。ただひたすら埋蔵金を追い求める人だった」

「おまえらと狙いは一緒？　なんとかって武将の隠れ里」

「穴山梅雪な」

ざっとのあらましを話してやった。

「隠れ里って、そんなに探しにくいもん？」

「この山の中で、小さな葉っぱを一枚みつけるようなものだ」

晶良は歩く速度を落とし、左右だけでなく頭上にも足元にも視線を向けた。吉井も同じように注意を怠らない。

「そんなにむずかしいのなら、小学生のとき、どうしておまえと伯斗くんはけっこういい線まで行けたんだ？　ああそうか。車の中でカノコ先輩が感心してたのはそれか」

晶良は後ろについてくる吉井に目をやり、カラフルな水色の眼鏡フレームに力を抜かれ、口にした。

「地図があったんだよ」

約束を破ってしまう。でも伯斗、と心の中で呼びかけた。すでに大きな非常事態が起きているんだよ。

「ひょんなことから手に入れた謎の地図だ。そこに記された小さな村に、財宝が埋められていると聞いた」

「誰に？」

「おばあちゃん。伯斗とおれのばあちゃんは幼なじみなんだよ。懐かしそうに昔話をしているのをふたりして立ち聞きした。地図はあとからこっそり描き写した」

それでか、と吉井は晶良のとなりに並んだ。

「筋金入りだな。おばあちゃんふたりも冒険家だったとは」

「ちげーよ。ばあちゃんたちの小学校の同級生が、その村の出身だったらしい。昔のことだ。どれくらい昔かと言うと、戦後間もなくってやつ。山奥から来た女の子と仲良くなったら、その子が秘密の地図をくれた。ちゃんとした地図じゃないから、ほとんど意味がわからず、おれたちも結局行き着けなかった」

話しているうちにも切れ切れの細い獣道をたどり、途中からヘッドライトをつけた。さらに森の奥へと誘《いざな》われる。高所から落ちて怪我を負い、朦朧とした男が歩けた道だ。落下したところまでは比較的すんなり行けるだろう、というのがふたりの読みだった。

刻々と日没が迫り、闇の色が濃くなる。足元さえおぼつかない。雨の気配がないことは救いだった。

「このあたりで限界だな。たぶん、崖は目と鼻の先だ」

懐中電灯をまわし、塚本さんと田中の名前を呼んでみるが反応はなかった。吉井と協力し、ビバークの準備に入る。

万が一のことを考え寝袋やキャンプ用品は用意してあった。トレッキング同好会の部室で、賞味期限の切れた食料や試供品の類もリュックに詰め込んだ。

河原でカノコ先輩の車を降りるとき、なんでそんな大荷物なのと抗議を受けたが、小さいですよととぼけて笑顔で手を振った。

野営はこれまでに何度となく経験している。足場の悪い山中の地面をならし、無理やりスペースを作り、火をおこせるように石を積み重ねてぐるりと囲んで、中に枯れた枝葉と持参した新聞紙を投入。ライターで火をつける。荷物に入れてきたウールのセーターとダウンジャケットも着込む。

「あの先生、おれたちが言いつけ通りに戻ってくるとは思ってないよな」

吉井がにやりと笑った。

「カノコ先輩からおれたちの装備を聞いて舌打ちしただろうけど、自分だって立場が逆だったら同じことしてるよ」

山中に留まれば、夜が明け次第、探索が再開できる。崖下だけでなく、田中が歩いていたとおぼしき崖の上にも行ってみたい。塚本さんもそのあたりにいるのかもしれない。

吉井がリュックから水を取り出し小鍋に入れ、湯を沸かし始めた。夕食はレトルトの白米とカレーだ。晶良も自分の荷物から紙パックに入った安酒を引っ張り出した。早川町に向かう途中でコンビニに寄ったさい、カノコ先輩の目を盗み、酒だけでなく菓子やつまみの類も調達しておいた。

湯が沸いて、レトルトのパックが投入される。

「田中ってのもこの山のどこかにいるのかな」

吉井のつぶやきに晶良はうなずいた。

「だろうな。田中ひとりならまだしも、タチの悪いのが徒党を組んで乗り込んできたら、おちおち飯も食ってられないよ」

「仲間割れで死人が出るような連中だもんな。焚き火なんかやってて大丈夫か？　言っとくけどおれは虫も殺せないひ弱なお坊ちゃんだぜ」

「おまえ、逃げ足は速いし。カメレオンのように風景に溶け込む術も心得ているし」

「やだなあ、そんなに褒めるなよ」

「黒光りするＧ並みにタフ」

小声で言って、晶良はレトルトの白米の温まり加減をたしかめた。カレーのパウチをひっくり返す。辛口と中辛の二種類だ。辛口が食べたい。鍋底を舐《な》める小さな炎がぱちぱちと音を立てて揺らめく。

「なあ晶良、危険ではあるけれど、おれたちにも埋蔵金を手に入れるチャンスはあるんだよな。なんたって隠れ里の近くまで来ている。塚本さんと合流できたらお宝の場所まで一緒に行こうぜ。あちこちでめいっぱい手を貸せば、財宝の何分の一かは分けてもらえるよな」

「そう……かもねえ」

「時価五億円として、五分の一でも一億円だ」

吉井は腕を組んでにやにやしている。一億円の使い道でも考えているのだろう。その隙に晶良は辛口のカレーを確保した。パウチの封を切り、温めた白米を少しずつ入れてたいらげる。

「山で食べるカレーって、なんでこう旨いんだろう」

「え？　おまえどっち取った？　あー、中辛しか残ってない」

吉井はしばらくぶつくさ言っていたが、それも封を切るまでだ。たちまち山カレーにひれ伏す。至福の時が訪れ、晶良は米粒を嚙みしめながら空を見上げた。真っ暗な闇の遥か彼方にちらちらと瞬くものがある。星だろうか。月だろうか。

その昔、黄金の眠る地からは金色の光が放たれるという言い伝えがあった。山師たちはそれを目指して野山を越えた。深い闇に潜んで目を凝らした。ただの迷信だが、じっと暗がりを見つめていると地面に眠るものの声が聞こえそうだ。

晶良はいつの間にか息を殺し、風の音に耳を澄ませた。


翌朝、寒さで目が覚めるとまだ夜明け前だった。時計を見ると五時十分。着込むだけ着込んで寝袋に埋もれていたが、地面からの冷え込みはきつかった。わざと身じろぎし、となりにくっついている吉井を起こしてやる。

さみーさみーと言いつつ寝袋から這《は》い出し、昨日の要領で焚き火を作る。フリーズドライの卵スープを湯でもどす。それとカロリーメイトの朝食だ。たいらげてすぐ、のんびりせずに火の後始末をした。

身支度を調えて、塚本さんの名前を呼びながら移動を開始した。

朝露を含んだ空気はしっとりと冷えている。鳥の鳴き声が聞こえ、ときどき梢《こずえ》が大きくしなる。熊が恐《こわ》くて、わざと大声で話しながら歩いた。次第に空が明るくなる。夜明けが近い。昨日、目印ポイントのあった渓流まで戻り、そこから北を目指す計画だった。道なき道を進む覚悟と言えば聞こえはいいが、要するに行き当たりばったりだ。

森を抜けて渓流に出るといくらか視界が開けた。ヘッドライトをしまい、拡大された地図をたよりに岩場をよじ登る。

ほんの十分ほど経ったところで何か聞こえた。晶良と吉井は顔を見合わせ、あたりを見まわした。また聞こえる。行く手ではなく、背後だ。

「塚本さん？」

「ちがう。男じゃない」

耳を澄ますと、「きゃー」のあと「待って」と叫んでいるように聞こえた。

「カノコ先輩だ」

駆け出すわけにはいかないが、焦って引き返すと、河原にひしめく岩の間に動くものが見えた。身体つきからして女性だが、カノコ先輩ではなかった。もっとしなやかですっきりしていて、手足が長い。誰だろう。尋ねるように吉井を見ると、首を横に振った。心当たりはないらしい。

「しまった。歯を磨いていない」

「そういう問題じゃないだろ」

「美人だ」

それがどうしたとは晶良にも言えなかった。身体つきだけではない。遠目から見ても整った顔立ちなのはわかった。近づいて確信する。小顔なのに目が大きい。鼻筋は細くまっすぐで、口元はかわいらしい。カーキ色のジャケットにグレーのズボン。足元にはちゃんとトレッキングシューズを履いていた。

「湖衣姫？　なあなあ、ついに湖衣姫の出現か？」

「んなわけないだろ」

近づくふたりに挨拶するように、その人は頭を下げ、ジャケットのフードを外した。ゆるやかにカールした長い髪の毛を後ろにひとつで結んでいる。曇り空の夜明けの中、透明感のある白い肌がくっきりと際だつ。そこだけが明るい。

「どうしました？　こんなところで」

「驚かせてごめんなさい。あなたは坂上晶良くん？」

名前を呼ばれ、声が喉に引っかかる。

「そうですけど」

「よかった。伯斗くんの幼なじみの、晶良くんよね」

「あなたは？」

手が届くところまで行くと、彼女は本当に手を伸ばし晶良のジャケットの袖を摑んだ。もう一度「よかった」と言って肩を震わせた。

「会えなかったらどうしようと思った。恐くて、不安で。さっき人影が見えて、もしかしてと思って一生懸命追いかけてきたの」

「それは申し訳ない」

晶良ではなく吉井が言って、彼女の指先に触れる。

「冷たいじゃないですか。いつここに来たんですか。夜はどうしてました？　もしかしてこのあたりで夜明かししたのですか。それはいけない。寒かったでしょう。恐ろしかったでしょう。あなたのような方が凍えて震えてはいけない。そばにいながら何もできなかった自分があまりにも情けない。すみません」

「こちらは？」

ちゃっかり彼女の手を握ろうとするので、すかさず押しのけた。

「いいんです。それはあとで。さっき伯斗と言いましたね。あいつの知り合いですか」

「編プロで働いているの。伯斗くんはうちでバイトしてて……」

「だったらあなたは」

「和倉《わくら》三咲といいます」

伯斗の憧れの人だ。顔立ちもさることながら、声がまた快い。知性を感じさせる落ち着いた響きの中に、強さも秘めている。眼差しにも言えることだった。心細い思いをしたらしく涙ぐむ一歩手前だが、しなだれかかってくるような弱さは見あたらない。

「伯斗からあなたのことは聞きました。あなたと矢口さんって人のこと。ほんのちょっとですけど」

「だったら私としてはありがたい。というか、助かるわ」

その場でリュックを下ろそうとする彼女を、もう少し足場のいいところに移動させた。吉井はまるで付き人のようにかいがいしい。彼女がわざわざリュックから取り出したのは名刺だった。なるほど「和倉三咲」とある。

「東京の人がどうしてこんなところに？　しかもひとりで」

「伯斗くんを捜しているの」

細い指先がきつく握りしめられる。

「この前、急に帰省したでしょう？　東京に戻ってから一度は会ったんだけど、そのあと連絡が取れなくなって」

「あなたもなんですか？　いや、その、おれのところにもなんの音沙汰もなくて。どうしたんだろうと気を揉《も》んでました。でも」

「学校にも行ってないし、自宅のアパートにもいない。もちろんバイト関係のところにも。捜すところがなくなって、私、思い切ってここに」

それはずいぶんな思い切りだ。

「おれと伯斗は特別親しい間柄じゃないですよ。この前も久しぶりに会った」

「でも幼なじみと言えばあなたでしょう、坂上晶良くん。地元の大学に入り、埋蔵金に特化した郷土史研究会に所属してるって聞いた。そのユニークなサークルの件で、学校も割り出せたの。実は昨日、ここに来る前に大学に寄ってきたわ。部室を訪ねたら、早川沿いの診療所に行ったと教えてくれる人がいた」

午後のミーティングをカノコ先輩共々サボったので出先を言っておいた。突然の来訪者に、なんでそうぺらぺらしゃべるんだと抗議のひとつもしてやりたいが、みんなにしてみれば伯斗に続き、えらく都会的なお姉さんの出現だ。びっくりついでに話したのだろう。

「検索したら診療所はひとつしかなかったから、すぐに車を走らせてきたの」

「すごいですね」

「これでもライターのはしくれよ。調べるのも勘を働かせるのも得意」

「そして抜群の行動力で」

「ありがとう。猪突猛進《ちょとつもうしん》って言われているの。猪突猛進、知ってる？　来てみたら、ひと足ちがいなのか、ふた足ちがいなのか、あなたはもういなかった。途方に暮れていたら、看護師さんのひとりが地図に印を入れてくれたの。怪我人が見つかったのはこのあたりだから、学生さんたちはたぶんそこだろうと」

山梨の人はみんな親切だ。

「おれたちの出たあとならもう日暮れ時でしょう？」

「県道に車を止めて、しばらく印のところで待っていたのよ。出直すべきだと頭ではわかっていた。でも車の中にはそれなりの装備があったの。寝袋はないけど防寒具も雨具も携帯食も。伯斗くんを捜すために、山に入っていくことを想定して。これでもアウトドア派で体力はある方よ。行けるところまで行ってみようと、昨日は自分を鼓舞した。月も出ていたし。絶対どこかであなたをみつけなきゃいけない」

「どうして、おれ？」

「伯斗くんの行き先に心当たりがあるのは、晶良くんだけよ」

そうでしょう？　という目をされ返事に困った。伯斗が幻の村を目指しているのなら、地図を持っている自分だけがあとを追えるのかもしれない。あくまでも目的地がそこならば、だ。

「見当ちがいだと思います。帰省したとき、山には入りましたよ。ここじゃないです。あの山の向こうの向こう。でもあいつ、翌朝には東京に戻りました。それきりです。もしも来ることがあったなら必ず連絡があるはずです」

「思いちがいならしょうがないわ。おとなしく手ぶらで東京に帰る。ただ、早とちりだと納得できるまでは晶良くんに同行させてほしい。足手まといにならないようにするから。お願い」

美人の訴えにはなぜか特別な力がある。晶良でさえそう感じたのだ。

「こちらはお友だち？　お願いしてもいいかしら」

三咲に水を向けられ、吉井は小学生のように背中をピンと伸ばした。

「初めまして、こんにちは。あらためて、ぜひともご挨拶をさせてください」

「吉井っていうんですよ。気にしないでください」

「せっかくですからお近づきの証《しるし》にお茶でもいかがでしょう。用意はあるんですよ。ダージリンでもアッサムでもアールグレイでもカモミールでもミントでも。三咲さんのお好みはなんですか？　お湯を沸かしましょう」

「おまえひとりでパーティやってろ」

晶良は踵《きびす》を返し、北に向かって歩き出した。同行についての返事はしなかったが、三咲は遅れまいとついてくる。吉井はすかさず手を貸す。目のはじでそれを見ながら、今は考える時間がほしかった。

伯斗はどこにいるのだろう。自分に連絡がないのは薄情のひと言で片づくのかもしれない。でも憧れの人に心配させて、行方をくらましているというのは解せない。基本的に律儀で生真面目なやつなのだ。いいかげんな行動は取りたくても取れない。


「帰省したとき、伯斗くんはどんな様子だった？」

詳しい状況を晶良は知りたかったが、先に三咲から尋ねられる。

「昔のことをいろいろ話しながら山を歩き、温泉旅館に泊まりました。そしたら中島って人が亡くなったと連絡があり、すごく驚いてました。三咲さんのことも心配してました。東京に戻ったあいつとは、どこかで会えたんですよね」

「ええ。帰った直後に一度だけ」

しんがりを歩く吉井が「埋蔵金でしょ」と声を上げた。

「武田家の財宝を狙うグループがいて、こっちに乗り込んでくる。だから伯斗くんは先んじようと晶良をそそのかし……ではなく、誘って早川に急いだ。おれも知ってますよ。いろいろ聞いてますから。伯斗くんにも会ったし」

吉井の自己アピールは無視して、晶良は重要なことを確認する。

「中島とは何者ですか。検索して菅池さんって人の新聞記事をみつけました。同じ日に不審な死を遂げている」

彼女は伏し目がちにうなずいた。当たりらしい。離れていたふたつのピースが、カチリと音を立てて繋がる気がした。

「中島は偽名ですか？　伯斗は仲間に殺されたかもしれないと言ってました。そんなことってあるんですか」

「恐い人たちなのよ」

「もうひとつ、教えてください。田中という人に心当たりはありますか」

「怪我をして診療所に運ばれた人ね？　看護師さんから少しだけ聞いた」

「中島の仲間ですか？」

岩場を抜けていよいよ本格的な雑木林の攻略が始まる。はびこる下草をかき分け、木の根を摑み、あるいは踏み越え、足場になりそうな岩を探し、両手両足を駆使してよじ登っていく。身軽で勘のいい晶良に対して、吉井は手足が長く筋力もある。声をかけ合い協力しているとサバイバルゲームさながら。小学生ではできない芸当が実現する。

　最初の意気込みとは裏腹に、三咲は思うように動けず随所で手助けを必要とした。スピードは削《そ》がれるが、まだまだ体力のある男ふたりで連係すれば乗り切れる範疇《はんちゅう》だった。

「田中っていうのは、亡くなった中島が唯一、心を許していた人だと思う」

「中島は自分が横取りしたもの、それによって幹部から追われるはめになるものを、田中に渡したんですね」

「ええ。みんな血眼《ちまなこ》になって捜しているわ」

　急斜面を登りきった三咲は、肩で息をつきながら汗を拭う。

「連中は中島を捕らえ、痛めつけ、田中の行き先を吐かせようとしたんだと思う。どこまで口を割ったのかはわからない。途中で中島はしゃべれないようになったんだろうから。でも、たとえ断片的な情報だとしても、こっちに乗り込んでくるのは時間の問題よ。そう思っておいた方がいい」

「聞けば聞くほど物騒な話ですね。伯斗はざっとのあらましくらいしか言わなかった」

「あなたを巻き込みたくなかったのよ」

「もしそうなら、捜さなきゃ。伯斗も田中も」

　後ろから吉井が「塚本さんも」と投げかける。

「少し聞いたわ。怪我した田中を介抱した人ね」

「噂の財宝をみつけたかもしれないんですよ」

吉井が得意そうに言い、三咲のとなりに並んだ。

「そうなの？」

「らしいです」

「まだ決まってないだろ」

「何かはみつけたんだよ。すごくいいもの。借金を返済できるもの。それは決まりだろ」

立ち話の間にもそれぞれペットボトルの水で喉を潤し、吉井はすかさず三咲にチョコレートをふるまった。晶良はドライマンゴーを齧《かじ》る。糖分の補給は大切だ。疲れを溜《た》めてはいけない。斜面を上がり、そこからは高低差のほとんどない藪の中を進んだ。

渓流で三咲と出会ってから、かれこれ一時間が過ぎている。夜はすっかり明けているはずだが空には雲が垂れ込め、日が差さないどころか太陽の位置がわからない。気温が上がらず霧も晴れず、さーっという音と共に雨が降り出した。

三人は雨具を着込み、大木の陰に身を寄せ合った。天候の悪化はたちまち行動力を削ぐ。山の大きさが二倍にも三倍にも広がるようだ。

「今日は一日、これかもしれないな」

晶良の言葉に、吉井も言う。

「診療所の先生たちも足止めか」

「携帯の通じるところに行きたい。連絡を取ろう」

「塚本さん、もうみつかってたりして。田中なる謎の人物も。そうなるとおれたちは引き返してかまわないけど、三咲さんは伯斗くんを捜したいんですよね」

三咲の頭はすみやかに縦に動く。雨によって足場の悪さはさらにひどくなっているけれど。

「この雨は止むと思いますよ。昨日の予報からすれば大きな崩れにはならない。降ったり止んだりをくり返す感じ。ただ霧は晴れないかな。人捜しには向かない日ですねえ」

吉井がまともな解説をして、「埋蔵金探しにも」と付け足す。

「どうする、晶良」

「止んできたから少し行こう。田中のいたらしい崖の上には出られるよ。塚本さんがいるかもしれない場所だ」

三咲の手を引くようにして歩き出した。軍手がすぐにびしょ濡れになる。足が滑り、転ぶ。摑んだ木の枝も滑る。体力を消耗しながらやっと足場のいいところに出て、細い道のようなものをみつけた。田中の歩いていたルートだろうか。ほっとしたのもつかの間、それはふたつに分かれてしまう。

「どちらかが行き止まりか、両方とも行き止まりか。行ってみなきゃわからないな。晶良、ひとっ走りしてこい」

「じゃんけんだな。負けたらさっさと行ってくる」

勝負は一瞬にしてついた。「おれかよ」とぶーたれながら、吉井はリュックを置いて道の片方に消えた。霧が出ているので、ほとんど吸い込まれるような雰囲気だ。

「遠くまで行くなよ。足元に気をつけろ」

声をかけていると、三咲が話しかけてきた。

「ねえ、晶良くん」

含みのある声音だったので顔を向けた。

「私、さっきから気になっていることがあるの。聞いてもいい？」

「なんですか」

「埋蔵金って何？」

意味を測りかねて晶良は少し笑った。

「何とは？」

「伯斗くんはあなたに、どういうふうに話しているの？」

湿った冷たい風がどこからともなく吹き込む。

「東京の編プロでバイトをしてて、埋蔵金にまつわる記事を手伝っている。子どもの頃、おれと伯斗は埋蔵金探しに夢中になったんですよ。だから伯斗も懐かしくて、資料集めに励んでいたら、やばいグループが山梨県内の財宝に目をつけて……。三咲さんも知っているでしょう？」

彼女の頰は真っ白だ。晶良は重ねて尋ねた。

「中島というのは、埋蔵金を狙っているグループのひとりですよね」

「ちがう」

「田中は？」

「そうじゃない。最初からちがうの」

霧が流れ、乱立する灰色の木々があらわになる。絡み合う蔦《つた》の葉が震え、聞こえないはずの音がどこからともなく聞こえてくる。まるで歌うように。舟守たちを惑わせるよその国の伝説のように。

「あの人たちが必死になって捜しているのは大判小判じゃない。現金よ。数億円の札束を持ち逃げした人がいて、それを追いかけているの」

穴山梅雪が隠したのは金塊だ。大判小判ではない。言ってやりたいけれど言えない。

現金。そして札束。なんの話だろう、それは。

東京・伯斗

バイト先の事務所まで、場所としては目と鼻の先なのに、人気《ひとけ》のない地下室に拘束され伯斗は何度となく意識を失った。

上原の尋問は粗暴で執拗だ。脅し文句だけでは飽き足らず手が出ると止まらない。殴られもしたし蹴られもした。椅子やテーブルにも当たり散らし壊す。刃物を持ち出したときには完全に目が据わっていた。

彼が聞き出したいのはほぼ一点だ。六川村がどこにあるのか。「知らない」は通じない。仕方なく伝説の隠れ里だと説明した。身体をくの字に曲げ、痛みをこらえながら腫れ上がった指で携帯を操作した。検索すれば、六川村にまつわる埋蔵金伝説がわずかながらもヒットする。

小学校の頃、夏休みに出かけた宝探しの話もした。手がかりひとつ得られず遊びは終わったのだ。

けれど何を話しても上原の暴力は止まなかった。伯斗が気を失うと、その場に転がしたまま外側から鍵をかけて店を出て行く。戻ってきて尋問を再開する。聞く耳を持たないというより、聞けないのだと途中で気づいた。

上原の余裕はみるみるうちになくなり、焦りがあらわになる。「おまえ、死にたくないだろう。おれもだ」などと口走る。誰が上原の命を脅かすというのだろう。飢えと渇きと痛みで頭がほとんどまわらなかったが、追い詰められているのは自分だけじゃないと、それだけはわかった。

「もしもし」

混濁した意識の向こうで上原の声がする。携帯電話でしゃべっているらしい。

「わかってる。気をつけてるさ。ああ、疑われてない。ボロなんか出すもんか。おれを誰だと思ってるんだよ。あとは、あれさえみつかれば。ああ、取り戻すんだ。あれは最初からおれたちのもんだ。中島がよけいなことさえしなければ……。今は田中だな。連中よりも早く田中を」

上原にも仲間がいる。そいつは何者で、今どこにいる？

「大丈夫だって。おれたちには連中の知らない切り札がある。アキラってのも欲をかいたもんだな。誰でもそうさ。金のためならなんでもする。ごまかされるなよ。アキラも村の場所を知ってる」

固唾《かたず》をのんで耳を傾けていたが、思わず瞼《まぶた》を開けてしまった。電話を切った上原と目が合う。

「ほう。目が覚めたか。今の話、聞こえたか。おまえの携帯に留守電が吹き込まれたんだよ。お友だちが山に入ったらしい」

「うそだ。そんなはずない」

「おまえが金の話をしたからだろ」

「ちがう。してない。あいつは何も知らないんだ。おれを山梨に連れて行ってくれ。田中をみつける。おれならきっとみつけられる。晶良は関係ない」

上原は口元を歪ませた。笑っているのだと気づくまでに、少し時間がかかった。

「最初からそうやって協力すればよかったのによ。手間ひまかけさせやがって。もう遅いんだ。それとも今ここで全部吐くか。六川村の場所を」

頭を乱暴に揺さぶられ、遠のく意識の奥に懐かしい顔がよぎった。まばゆい夏を共に過ごした幼なじみ。今どこにいる。甲府の町中で大学に通っていてほしい。自分のことなど忘れて埋蔵金サークルで夢を追えばいい。そう思うのに、ちがうのか。山にいるというのはほんとうか。どこよりも危険な山に。やめろと心の中で叫ぶ。

「ちっ」

舌打ちと共に首への締め付けが強くなる。上原の指が気道をふさぐ。息苦しさに伯斗がもがいたそのとき、荒々しい物音が聞こえた。

扉がドンドンと叩かれる。人の話し声もする。男たちの低くこもった声ばかりだ。上原は伯斗の首から手を離してわななないた。扉の向こうでは男たちが、その上原の名前を呼び続ける。

とっさに逃げようと思ったのかもしれない。上原は立ち上がり、薄暗い地下室を見渡した。けれど伯斗もよく知っている。ここに逃げ道はない。

「開けろ。開けねえと叩き壊すぞ」

建て付けの悪い古びた扉は叩かれて蹴られて、悲鳴のような音を立てた。さっきの電話で上原は疑われていない、ボロなんか出していないと言っていたが、ちがったらしい。

壊された扉を踏み荒らすようにして男たちが乱入してきた。

六章　遭遇

話が見えない。意味がわからない。

晶良が首を横に振ると、三咲は眉を寄せて唇を噛んだ。

「数億円ってなんですか。札束って」

「伯斗くんから聞いてないの？」

痛ましいものを見るような目をされて苛立《いらだ》ちが走る。視線をそらしたが三咲の声が追いかけてくる。

「晶良くん、振り込め詐欺は知っているでしょう？　片っ端から電話をかけて息子や孫になりすまし、見ず知らずの人から大金を巻き上げる、あれ。私たちが東京でしていたのはその調査だったの。とあるグループに近づいて慎重に進めていたんだけれど、そこで仲間割れが起きた」

「仲間割れ？」

伯斗も口にしていた。

「騙《だま》し取ったお金を、横取りした人がいたのよ。幹部ではなく下っ端。中島って呼ばれていた。偽名だけどね」

「東京のアパートで死んだ人ですか？」

三咲はうなずき、恐ろしげに左右をうかがった。近くにいて、今にも現れそうなのは道を調べに行った吉井だが、彼女を怯《おび》えさせているのはちがうものだろう。

「三咲さんの言う金とか札束って、つまり、振り込め詐欺で騙し取った金？」

「ええ。埋蔵金とは関係ないわ」

そんなバカなという言葉は声にもならない。

「あいつは穴山梅雪の隠し財産を探しに来たんじゃないのか」

「伯斗くんは、あなたを巻き込みたくなかったのね。ほんとうに物騒な連中だから」

「いやその、おかしいとは思っていたけど」

言いながら、いくつも不可解な場面が頭をよぎる。

「いきなり現れて宝探しを再開しようだなんて。今すぐじゃなきゃいけないと無茶言って。そもそも大学まで押しかけてきたのが考えられない。おれとの付き合いはとうの昔に切れていたのに」

「無茶をしなきゃいけない状況になったのよ。中島は横取りした現金を田中に預けたらしい。彼は山梨県の出身で、郷里の村に隠しておくと約束したんですって」

「田中の郷里？」

「六川村というそうよ」

晶良は唇を嚙み、奥歯に力を入れた。傍《かたわ》らの竹藪は手前の一列が辛うじて見えるだけ。後ろはすべてミルク色の霧に埋もれている。その霧に自分ものまれてしまいそうだ。

「特別な村なんでしょう？　伯斗くん、そんな言い方をしていた。そして急に帰省してしまった。田中を捜そうとしたんじゃないの？」

六川村への地図は晶良が持っている。頭のいい伯斗のことだ。だいたいは覚えているだろうが、小学生以来となればもう一度たしかめたくなる。それで大学までやってきたのか。たしかにあのとき、一緒に行くのが無理ならば地図だけでも貸してほしいと言われた。

現地に乗り込み旅館のタオルを発見したときの、伯斗の驚きようも思い出される。自分との温度差にもようやく合点がいく。数百年前の財宝にたどり着けるかも、という夢物語ではない。札束を抱えた男の痕跡をみつけたのだ。

重苦しい空気の中、「おーい」という暢気《のんき》な声が聞こえた。

風が吹き込み、目の前の霧が揺らめく。何も見えなかったそこに、水墨画のような灰色の木立がたたずむ。

「晶良、いるんだろ。いるよな。なんも見えなくて身動き取れねえ。声上げてくれよ」

「こっちだ、こっち。踏み外すなよ。ゆっくりでいいから」

手を振ってやると、湯気のようにぼんやりと吉井の姿が浮かび上がった。垂れ下がる白い幕をくぐるようにして近づいてくる。たどたどしい足取りを見守っていると、三咲が囁《ささや》いた。

「とにかく今は、一刻も早く田中をみつけ出して警察にゆだねなくては。そして伯斗くんと一緒に山を下りたい。詐欺グループの話は、吉井くんだっけ、彼には内緒にして」

「どうして？」

「大金って、人を変えてしまうわ。そういうことがあるの。お願い」

怯えるように肩をすくめる彼女に何も言えない。吉井も変わるというのか。たしかにあいつは金にうるさい。細かい。千円、二千円どころか百円単位で目の色が変わる。十円を拾っても喜ぶ。一万円以上の話にどうなるのかは想像の範囲外だ。

本人は「ただいま～」と、へらへらやってくる。

「右も左もわからなくて遭難したかと思ったよ。三咲さん、お待たせ。再会できてほんとうに嬉しいです」

「遭難覚悟で調べた道はどうだった？」

「いい感じでしばらく続いていたけど、崖にぶつかった。行き止まりだ」

「だったらこっちか」

「三咲さん、少しは休めましたか？　お疲れでしょうが、昼飯までもうひと頑張りしましょうね」

吉井にかかれば濃霧の山道もハイキングコースの遊歩道だ。すかさず三咲のエスコート役につくも、少しは晶良の顔色も読むらしく、身体をひねって尋ねてきた。

「どうかしたのか。へんな顔してるぞ」

なんでもないと言う代わりに、ため息がこぼれた。

「三咲さんから気になる話を聞いて、ちょっとな」

「え？　聞かせろ。教えろ。なんの話？」

「田中なる人物、六川村を郷里の村と言ってるらしい」

どこまで話すのかと言いたげな三咲に、そっと目配せを送った。吉井はそれに気づかず、単純に面白がる。

「郷里と言えば実家のあるところか。生まれ育った場所って意味もあるよな」

「だから首をひねってたんだよ。太平洋戦争のあと、たぶん昭和三十年前後に村はなくなっている。今から六十年くらい前の話だ。田中はいくつだろう。三咲さん、知ってますか？」

「さあ。二十代でしょうけど」

「だったら田中が生まれるずっと前に村は消えている。出身なんてありえない。その一方、村の在処はけっこう正確に把握しているような気がするんだ。おれの持っている地図と彼の足取りはいい線で重なっている」

「わからないぞ。電気がなかろうがガスがなかろうが、人は生きていける。誰にもたどり着けない山奥の隠れ里で、今なお暮らしている人間がいるのかもしれない。あらゆる文明に背を向けた独自のコミューンを築いているんだ。田中はそこで生まれた」

　そそる話だが、おいそれとは飛びつけない。

「リアリティに乏しい」

「やだなあ、おまえの口からそんな言葉を聞くなんて。おれにはその人たちの目的というか、崇高な志がわかるぞ」

「なんだよ」

「決まってるだろ。埋蔵金だ」

　話がぐるりとそこに戻ってくる。吉井は大いばりで胸を反《そ》らし頭を木の枝にぶつけて悲鳴を上げた。

「いたたたた」

「今なお、領主様に託されただいじな土地を守っている？」

「痛いけど、鋭いだろ、おれ。ただの住民じゃないぞ。コミューンで暮らすのは、いなくなったはずの六川村の人々だ。廃村になったというのが一種のカモフラージュでさ」

ついつい、乗ってしまう。

「それそれ。埋められた黄金の小判を守っている。ああ、探すんじゃなく守るね。番人に徹している。いいねえ。そっちの方がロマンがある」

勝手なことを言いつつ快活に歩く吉井につられ、晶良と三咲は道とも言えないような道を懸命にたどった。時計を見れば十一時をまわっている。休憩がてらの昼食を取ることになった。

ここでも吉井は張り切る。詐欺グループの話を聞かされ、気味の悪さと伯斗への割り切れない思いを抱える晶良とはちがい、山に慣れていない三咲にいいところを見せたいという気持ちにブレがない。せっせと小枝を集めて湯を沸かし、レトルトのクリームシチューの上部を開けて中に乾燥米を投入する。リゾット風おじやを楽しげに作る。

晶良はそれを手早くたいらげると、ひとりで携帯の電波が届くところを探しに出かけた。三咲には不安げな顔をされたが、外部との連絡はどうしても取りたい。カノコ先輩は心配しているだろうし、診療所の先生たちともなるべく早く合流したい。田中が持ち逃げしたという金を思うと警察にも乗り出してほしい。伯斗の動向も知りたい。

道筋や分岐点で目印のテープを貼りながら、開けた場所と高台を探し晶良は移動した。装備を軽くしたので動きやすい。なだらかな崖をみつけてよじ登るとなんとかアンテナが一本立った。通話は無理だがメールは送れそうだ。

カノコ先輩と先生の携帯に文章を送ろうとするも、その内容がむずかしい。自分と吉井が無事だと言うのは簡単だが、三咲や詐欺グループのことはどう説明すればいいのだろう。思いつくまま綴って送り、伯斗にもメールした。今どこにいる、おれは六川村のそばにいると。スムーズには繋がらず、何度目かのトライでやっと送信を終えると、かなりの時間を食っていた。ひとまず引き上げることにする。よじ登った崖を下りていくと、途中で木に巻かれた白い布きれが目に入った。

そちらの方に斜めに移動し、足場の悪さに閉口しながらもなんとか行き着いた。シャツを切り裂いたような布だ。無造作に結びつけられているだけだが古いものではない。垂れ下がった一片に、書き込まれた文字があった。カタカナで「ツカ」と。

「塚本さん？」

今さらながら思い至る。塚本さんは埋蔵金ではなく、札束をみつけたのだろう。大判小判よりも金塊よりも、現在の紙幣ならばただちに使える。借金が返せて、工場を救える。もちろん拾得物ならば届け出なくてはならないが、謝礼金も相当な額だ。舞い上がったのは想像に難くない。

みつけたきっかけは、田中の漏らした譫言だったのだろう。気になることを耳にして田中の発見場所から小道をたどり、塚本さんは思いがけないものに出くわした。いったん引き上げ、飲み屋で大いに盛り上がり、後日あらためて山に入る。けれどそのとき、予期せぬことが起きて戻れなくなった？

塚本さんを捜さなくてはならないが、吉井たちをほったらかしにもできない。晶良は引き返すことにして手近な木の枝や根っこを摑んだ。ごつごつした岩をよけながら斜めに崖を移動する。足場の悪いところでは、頑丈そうな蔓をみつけてしがみついた。ぶら下がりながら慎重に横へ横へとつたっていると、土塊《つちくれ》がぱらぱらと落ちてきた。

見上げると、崖の途中に突き出した木と木の間で何かが動いた。なんだろうと思った瞬間、体重を預けていた蔓もろとも落下した。

とっさに手足をばたつかせ摑めるものを摑んだが、それもちぎれて放り出される。全身に強い衝撃を受けた。動けない。

どれだけ時間が経っただろう。一瞬かもしれない。うめき声が自分の口から漏れ、息ができることに気づく。瞼を開き首に力を入れると、両手で頭を抱えたうつぶせ状態だった。

脇腹も肩も背中も痛いが、動けるところを見ると骨に異常はないらしい。ジャケットやズボンのあちこちに裂傷がある。装備が守ってくれたのだろう。転がり落ちた崖を見上げると、自分のぶら下がっていたところより高い位置に目が行く。木と木の間に何かがいたような気がしたが、あれはなんだったのか。胸がざわつく。

不穏な空気を感じたまま、晶良は吉井たちのもとへと引き返した。藪の向こうに置いてきた自分の荷物も見えて安堵《あんど》感が広がったが、そこには三咲しかいなかった。情けない顔でおろおろしている。

「よかった、晶良くん、戻ってきてくれて」

「吉井は？」

「どこかに行ったきりなの。私、どうしていいかわからなくて。怪我？　どうしたの。血が出てる」

言われて初めて左の側頭部と、右耳の付け根に傷を負っていると気づいた。三咲が汲《く》み置きした清水でタオルを濡らし、そこにあてがう。

「転んだの？　頭に木屑《きくず》がいっぱい」

「ちょっと。血は止まっているから大丈夫です。それより吉井はどこに？」

「ここで晶良くんを待っていたら、向こうの木立の間を人影がよぎったんですって。気になるから見てくるって」

三咲が指さす方向に首をひねり、舌打ちしそうになる。白い霧が再び流れ込み、立ち並ぶ太い幹も枝葉も下草も埋もれようとしていた。

「あのバカ。何やってるんだ。おれもそれっぽいのを見たかもしれないんです」

「伯斗くんかしら」

出された名前に内臓がきゅっと縮こまった。

三咲は期待を込めた声で尋ねている。状況を知らないから言っているのだ。

「伯斗じゃないです。上から誰かが土塊を落としたみたいで、たしかめようとしてたら木に絡まっていた蔓がほどけたんです。それにぶら下がっていたおれは急斜面から転がり落ちて」

「もしかしてそれで怪我を？」

子どものように首を縦に振った。

「伯斗ならそんなことしないし、近くにいれば助けにも来てくれた」

「そうね。それはそうよ。詐欺グループの人かもしれない。どうする？　ここにいても大丈夫？」

下山という言葉が脳裏にちらついた。物騒な連中が山に入ってきたとしたら、携帯の電波も届かないような奥地は危険だらけだ。リスクが高すぎる。何かあってからでは遅い。

「中途半端だけど、引き上げるべきかもしれない。いったん下りて態勢を調え、あらためて仕切り直す。その方がいい。でもその前に」

晶良は自分の来た道を振り返った。

「塚本さんの手がかりらしいものをみつけました。調べてくるので、どこか安全なところで待っててください」

「いやよ。待つのはもういや。一緒に行くわ。吉井くんはどうする？」

「あいつなら、なんとでもなりますよ。ここにメモを残しておけばいい」

晶良は荷物の中から紙切れとペンを取り出し、塚本さんの手がかりをみつけたので調べに行ってくる、うろうろせずに待っててくれ、不審者がいるかもしれないので気をつけろ、そんなふうに走り書きし、時刻も添えて細長く畳んだ。吉井の荷物にくくりつける。

霧のせいで歩きづらくなっていたが、三咲を伴い先ほどの場所へと引き返した。

崖から落ちた場所までは思ったよりすんなり戻ることができた。

斜面には登らず横に移動し、木に巻かれた白い布の真下あたりまで進んだ。大岩や木の幹の間から目を凝らし、ようやく布きれっぽいものを発見する。ほっとひと息つく。問題はそこからだ。山を徘徊《はいかい》しているかもしれない不審者が気になる。一刻も早くみつけたい。

「塚本さん、診療所の使いで来ました」

三咲も呼びかけてくれる。

「塚本さん、返事をしてください」

「国分先生の知り合いです。聞こえますか、塚本さん」

二十分くらいうろうろしてみたが反応はなく、引き上げようかと思った矢先、見下ろすと斜面に折れている枝をみつけた。近くの下草に不自然なくぼみがある。三咲に声をかけ慎重に下りていくと、くぼみのさらに先、盛り上がった大木の根元に何か見えた。

太い根っこが斜面にせり出し、庇《ひさし》のようになったその下に、横たわる人がいる。黒っぽいジャケットを着込み、エビのように背中を丸め、顔や手足が外側を向いている。年配の男の人だ。

「塚本さん？」

近づく足が震えてしまいそうだった。呼びかけても、ぴくりとも動かない。顔の半分は地べたにくっついている。目は閉じている。口は歪んだ半開き状態。頬にも眉間にも深い皺が寄っていた。苦悶《くもん》の表情というのかもしれない。

「どう？　大丈夫？」

「いや……」

斜面の足場を固めると、晶良は腰を屈めて腕を伸ばした。自分の手ではないようだ。感覚の乏しい指先で、横たわる人の腕を揺する。反応はない。袖口からのぞいている手の甲に、自分の手のひらを重ねた。冷たい。

「晶良くん？」

「死んでる」

背後の三咲から息をのむ気配がした。晶良の呼吸は速くなり、強ばった指先を固く握りしめた。足元から首筋まで何度も寒気が駆け上がる。

「塚本さんなの？」

「たぶん、そうだと思います」

「ほんとうに亡くなっているの？」

そう言いたい気持ちはわかる。眠っているだけならどんなにいいだろう。でも半開きの口元は微動だにせず、頬は枯れ葉や小石に押しつけられたままだ。

「どうして亡くなってるの？　怪我？　それとも寒さか何か？」

「怪我をしてます」

強張った左手の指先に赤黒いものがついていた。血だろう。視線をさまよわせると、横たわる人の首筋が赤く染まっていた。上着の下のシャツも汚れている。

「頭の後ろに怪我を負っている」

「崖から落ちたのかしら」

ついさっきの自分を思うと再び寒気が走る。落ちたところに、転がった先に、固いものや鋭いものがあったらひとたまりもない。一瞬で命を奪われることもあるのだ。

「まわりに何かない？」

三咲はおっかなびっくりきょろきょろし始める。晶良も男性の周囲を慎重に調べた。金の詰まった鞄らしきものは見あたらない。

「晶良くん、あそこ。何かある」

三咲が少し下がった位置にある茂みを指さした。ほんの数歩、斜面を下りて腰を落とす。手を伸ばして拾い上げた。折りたたんだ紙切れだ。開いて目を見張った。

大学の構内図、余白に「郷土史研究会」「部長、大川宏一」と手書きの文字が入っている。見覚えのある字だった。

「これ、晶良くんの大学？」

「伯斗の字だ」

なぜここに落ちているのだろう。後頭部に深傷《ふかで》を負った男性の遺体のすぐそばに。

「伯斗くんのメモなら、このあたりにいたってことよね。まだ雨露にも濡れてない。落としてから時間が経ってない。捜しましょう。この近くにいるのかもしれない」

三咲はせがむように晶良の腕を揺さぶった。

「でも」

リスクを考えて、下山を考えたばかりだ。

「危険だからこそ、このままにはしておけない。伯斗くんを連れて帰らなきゃ」

三咲の強い意志に背中を押されてというのに忸怩《じくじ》たる思いがあったが、晶良は荷物の中から白い布を取り出した。万能ナイフで切り裂き、黒いマジックで「亡くなった男性を発見」と書き込んだ。日付と時間、自分の名前を入れる。目につきやすい枝を選んで結びつけた。

こんなところで最期を迎えるとは思いもしなかっただろう。捜しているという家族の存在を思うと胸が痛む。

晶良が手を合わせると、三咲も横に並んで同じように手を合わせる。亡骸に別れを告げ、崖をよじ登った。上がったところで残った布を木の幹に巻きつける。晶良はあらためて地図を広げた。市販の詳細地図と、祖母たちの描いた絵地図の写し。三咲ものぞき込む。コンパスも出して方角を確認した。

「伯斗から聞きましたか？　小学生の頃、おれとあいつは埋蔵金探しに夢中になりました。あれこれ迷いながらもかなりの奥地まで入れた。手つかずの原生林をやみくもに突っ切ったのではなく、動けるルートがあったからだと思うんです。道なき道を進んだわけじゃない。ほのかな道がついていた。獣道かもしれないけれど、かつて誰かが歩いた道。その『誰か』とは、もっと先の山里に住む人たちです」

「六川村のこと？」

慎重にうなずく。

「田中は大量の札束を預かり、故郷である六川村に隠すと言ったんですよね。それがほんとうなら、抱えている荷物はどれくらいの分量になりますか？」

「大きめのトランクにぎっしり」

「なら、おいそれとは運べない。東京を離れ山梨に入り、タクシーかバスで早川沿いまでやってきて旅館に宿を取る。重装備ではなかったようなので、トランクはどこかに隠したのかもしれません。そして翌日、宿を出て廃村までトランクと共に移動した。途中で旅館のタオルを道端に落とした」

確認がてら言うと、三咲は首を縦に振る。それを見て晶良は続ける。

「野宿はせず、廃村で寝泊まりしたようです。おれと伯斗はその痕跡のある家をみつけました。田中は再びトランクを持って移動する。けれど崖から落ちるなどして怪我を負う。ふらふらと歩き、河原で倒れたところを診療所の先生に発見されました。トランクはどこかに放置されていたんでしょう。手当のために診療所に担ぎ込まれたんですけど、通りかかった塚本さんが手を貸し、さらに田中の言う言葉を耳にした。そして山に入り、塚本さんは札束の入ったトランクをみつけた……」

あくまでも仮説だ。臆測でしかないが、三咲がひとつひとつうなずいてくれるので、話の整理がしやすい。

「田中は意識が回復しても、一種の記憶障害を起こしていたそうです。ほんとうなのか演技なのかはわからないけれど。頭には過去に負った傷もあったと、診療所の先生が言っていました」

「私、聞いたことがあるわ。田中は中島の弟分みたいな男だけれど、じっさいにずいぶん恩義を感じていたようなの。昔、事故に遭ってどうにもならないときに中島が手を貸したんですって。だから今回も、奪った金をそっくり田中に預けたのよ。持ち逃げされる危険を考えたら、ふつうは赤の他人に任せられないでしょ？」

「そしてその金は、田中の郷里という村に隠すことにしたんですね」

「中島は六川村を小さな田舎の村だと思ったんじゃないかしら。私だってそうだもの。住民がいないと聞いても過疎化が進んだくらいにしか考えない。無人の村なら大金を隠すのにうってつけよ。まさか埋蔵金伝説の場所だなんて、それもこんな山奥だなんて、思いもしなかった」

大変な認識のずれだ。嘆かわしいと言ってみたいがその余裕はない。

晶良は二枚の地図を見比べ、自分なりの考えをプラスして六川村へのルートを組み立てた。重い荷物を持っているとしたら、キャスター付きのトランクだとしても高低差のある難路は厳しい。道らしい道をたどるだろう。

吉井の安否も気になったが、今は三咲の言う通り伯斗を捜すべく、田中を追いかけることにした。さらに深い山へと分け入る。

「あいつは東京で、どんなふうでしたか」

伝説の村を軽んじられて眉をひそめたが、自分も上京した者たちの暮らしをほとんど知らない。適当なイメージを繋ぎ合わせ、わかった気でいるだけだ。

「詐欺グループの取材を手伝っていたんでしょう?」

「伯斗くんはバイトだから基本的にデスクワークが中心。でもたまには取材にも同行してもらった。機転が利いて飲み込みも早いから、いろいろ助かっていたの」

倒木だらけの道を、三咲はがむしゃらにくっついてくる。

「埋蔵金についての調査はほんとうになかったんですか？」

「ないわね。過去にもなかったはずよ」

「そうか。でも東京で六川村を知る人物とニアミスしたなら、それはそれですごいです」

「偶然かしら」

荒い息をつきながらこぼした三咲の言葉に、晶良の足取りがふと鈍る。

「ううん。偶然ね。うちで扱っていた案件で、たまたま中島と接触し、その中島の知り合いが田中なんだから」

「田中が山梨出身だと知り、中島を介して探りを入れようとしたというのはあるかもしれません。そこで六川村の名前が出て、伯斗にしても驚いただろうな。詐欺なんかより埋蔵金探しの方がよっぽどましだ。そっちに方向転換すればよかったのに。田中も詐欺の一味だったんですよね？」

「ええ。下っ端の下っ端くらいの立ち位置ね。グループの組織図を五層のピラミッドに喩《たと》えると、中島は四層目の人間で、田中は五層目。取材している私たちにとって、話を聞き出したいのはもっと上層部の人たちだった」

「三咲さん、中島と会ったことは？」

「あるわよ。調査に取りかかった初めの頃、公園の片隅でほんの数分程度。のらりくらりとかわされて、ほとんど収穫はなかった」

中島は下っ端だったので、それ以上の接触はしなかったそうだ。

「あくまでも話をしたいのはピラミッドの二層や三層の人間なんですね」

「仕事ですもの。だからそのあと伯斗くんが中島とやりとりしてるなんて、全然気づかなかった」

知っていれば止めたのに、という口ぶりだ。苦々しい顔になっている。

「取材相手と親しくなるのはまずいですか?」

「いろんな兼ね合いがあるんだけど、伯斗くんは学生のバイトよ。中島は法に触れることをしている。関わりを持ってはダメ」

「ですね」

よりにもよってその中島が事を起こしたわけだ。三咲も矢口も焦っただろう。

ピラミッドのような組織を作るくらいだ。騙し取った金額はすごいにちがいない。プールされていた額も。銀行から下ろされた金を奪ったなら、みんな現金だ。

「中島は金の保管場所を知っていたんですね。危ないとわかっていても手をつけずにいられなかったのかな」

「ちがう人生を歩みたかったんだと思うわ。汚れた金で叶う未来なんか、ないのにね」

いくらか道らしい道に出た。途中で汲み置いた清水で喉を潤す。傍らの倒木に腰かけた三咲がリュックからチョコレートを取り出し、晶良にも分けてくれた。

「私もひとつ聞いていい？」

「はい」

「晶良くんと伯斗くんは幼なじみなんでしょう？　最近あまり会ってないようだけど、何かあったの？」

一瞬ためらった。もしも町中で尋ねられたなら適当に言葉を濁すだろうが、深い森に囲まれた場所にいると不思議としゃべりたくなる。

「おれとあいつは小学校の頃、六川村の埋蔵金伝説に夢中になったんです。でも五年生の終わり頃、あいつは突然手を引いた。おれのことも避けるようになった」

「どうして？」

「おばあちゃんが死んだからです。理由はたぶんそれ」

三咲にもらったチョコレートは甘くとろけて疲れた身体にしみる。冷たい清水の心地よさとも相まって、生き返るようなと言ってもいいのに気持ちは逆だ。目の前の黒い木々に、自分の心が重なる。

「六川村のことを知ったきっかけが、おばあちゃんなんです」

「亡くなったのは病気か何か？」

「肺炎って聞きました。おれもだけれど、あいつもおばあちゃん子だったから、ショックは大きかったと思う。宝探しから気持ちが離れるのは仕方なかったのかもしれない。でも急によそよそしくなって、わざとらしい態度を取ったのは意味がわからない。ケンカしたわけじゃないから今でもふつうに挨拶するし、しゃべりもする。けど、あいつの本心はあのときからまったく摑めない」

「ガキ臭いですね」

気を遣うような三咲の眼差しが居心地悪かった。嫌味を言いたいわけではないのだ。

少し笑ってみせる。

「詐欺グループがいくら危険でも話してくれればいいのにと、やっぱり思ってしまう。村に関わることをどうして言わなかったのか。他のどこでもない、あの村だからこそあいつは乗り出したんだろうに」

三咲が怪訝そうに聞き返す。

「六川村にだけ関心があるの？　あなたもだけど、伯斗くんも」

「はい」

「たった今、大金の話をしたでしょう？　金額は億よ」

「隠れ里に眠る財宝も、時価数億円です」

「埋蔵金の話じゃないの。現実のお金の話よ。だからみんな目の色を変えているのに」

力を込めてそう言われても。

「ピンとこないのは、子どもの頃からずっとこの土地に居続けて、埋蔵金を信じている晶良くんだけよ」

じれったそうに睨まれて、反論のしようもなかった。伯斗の本心はさっぱりわからないと言ったばかりだ。不毛な言い争いもしたくない。晶良は神妙な面持ちで「ですね」と白旗を掲げた。

「休憩はこれくらいにして、そろそろ出発しましょうか」

お姫さまのご機嫌を伺うように声をかけ、荷物を片づけ身支度していると、遠くからざわざわと人の声らしきものが聞こえてきた。誰？　診療所の先生ならばいいけれど。

とっさに今いた場所を見渡す。落とし物や忘れ物がないかを確認し、道から外れた雑木林へと分け入った。三咲もあとについてくる。

息を殺すこと数分、漂う霞《かすみ》の中から男たちが現れた。全部で四人。知らない一行だ。山歩き用の装備を調え、きょろきょろと周囲を見ながらやってくる。ジージーガーと機械の雑音らしきものも聞こえた。トランシーバーを携えているのだ。

晶良たちが小休止を取った場所まで来ると、そこがちょっとしたスペースになっているせいもあるだろう、男たちも足を止めた。身を隠している木陰の目と鼻の先だ。行方不明になった塚本さんを捜すために、先生か、あるいは地元の消防団などが来てくれたならよかった。どちらともちがう。銀縁メガネの銀行員風と、いかにも軽そうなホストっぽいのと、痩せ細った顔色の悪いのと、眉毛のないずんぐりしたの。山中ではめったに見かけないタイプばかりだ。そう思って眺めれば、装備一式が不自然に新しい。ウエアもシューズもザックも昨日や今日、アウトドア用品のショップに立ち寄り買いあさったように見える。

トランシーバーに向かって、がなり立てる声が聞こえてきた。なんだよ、ほんとうかよ、こっちじゃないのか、ちぇっ、無駄足だ、くたびれ損じゃねえか、そんな言葉だ。ホストっぽいのがしゃべっている。

そして物騒なセリフも飛び出した。殺すなよ、生きたまま捕らえろ、山の案内をさせるんだ、そういう話だったろ、と。

どうやら二手に分かれて山の奥に進んできたところ、もう一方に何か起きたらしい。

銀行員風の男が「引き返そう」と言い出し、男たちはUターンしていく。悪態をつきながらのだらだらした行動で、すっかり姿が見えなくなるまで時間がかかった。

「あいつらもしかして」

「詐欺グループの連中よ」

「見覚えがありましたか?」

三咲はうなずいて、「なぜここに」と唇を嚙む。

「六川村って、素人《しろうと》にはわからない場所にあるんでしょう?」

「はあ、まあ」

「どうして追いかけてくるの。しかもこんなに早く。おかしいじゃない」

おかしいのは三咲ではないか、という思いが頭をかすめた。ついさっきまで、詐欺グループの一味がすでに徘徊しているような口ぶりだった。伯斗が危険だというのもそいつらのせいだろう。なのに出くわして驚いている。想定外の出来事のようだ。

とまどう晶良に気づかず、三咲は男たちの消え去った方角を見据えて口元に手をあてがう。鼻を鳴らし肩を上下させ、まるで泣いているようだ。しまいには身体をくの字に曲げ、その場にへたり込む。

晶良は手を伸ばした。躊躇しながらも背中に触れると、三咲は頭を左右に振る。

さっきまでの気丈な彼女はどこに行ったのだろう。

「あの……」

「ごめんなさい。あいつらを見たら恐くてたまらなくなった」

「安全な場所にしばらく隠れますか。救援は必ず来るから無理せずに待った方がいい」

「田中は？」

見上げてくる瞳は赤く潤んでいた。

「あいつらにみつかったら殺されるわ。伯斗くんもよ」

「できるかぎり、おれが捜してみます」

「私も行く。もう大丈夫。感情的になってごめんなさい。ひとりで待つのは耐えられない」

押し問答する気にもならず、晶良はうなずいた。三咲をどう扱っていいのかわからない。矛盾したことを言うのも、へたり込むのも、恐れている男たちが現れたからだろう。そう思えば優しい言葉のひとつもかけるべきところを、頭がうまくまわらない。

連中がトランシーバーで話していた、「生きたまま捕らえろ」というのもなんだろう。道案内させるというからには田中ではない。だったら吉井か？　伯斗かもしれない。

「どこに行くの？」

晶良の足は連中の去った方角に向いていた。

「もうひとつのグループが吉井か伯斗をみつけたのかもしれない。もしもそうなら助けに行かなきゃ」

「追いかけるつもり？　待ってよ。人数を見たでしょ。行ったって救出は無理よ。今はとにかく六川村を目指しましょう。先回りすれば、きっと何か手が打てる」

三咲に引っぱられるようにして、晶良はさらなる奥地へと歩を踏み出した。

判断力が鈍っている。自覚はある。それがこういう場面で一番まずいことも、よくわかっている。

唇を嚙み、足元に意識を集中させていたからか、地面についたくぼみに気づいた。途切れがちにふらふらと並行に二本。落ち葉や枯れ草のない地面をえぐるようについている。

晶良が立ち止まってのぞき込むと三咲も腰を屈めて見入り、すぐに声を上げた。

「これ、トランクじゃない？」

「ですね」

「そうよ。重いものを載せたキャスターが通った跡よ。田中だわ」

三咲は興奮気味に言い、同時に爪先でくぼみを消し始めた。枯れ草をまき散らし、覆い隠そうとする。

「さっきの連中がもう一度ここに来たとき、気づかれたら困るでしょ」

一瞬の判断力と手際のよさに晶良は目を見張った。ついさっき震えてへたり込んだ人とはとても思えない。なんてしっかりしているんだろう。

棒立ちになっていると「早く」と急《せ》かされた。三咲の声にも顔つきにも力がみなぎっている。歩き出せば今までと同じく、足場の悪いところでサポートしなくてはならないのだが、もたもたするな、頑張れと活を入れられる雰囲気だ。ぐいぐい進む。奥へ奥へと分け入る。すっかり三咲のペースに巻き込まれていると、藪の向こうを何かがよぎった。

これにはきっちり足を止めた。

鹿だろうか。それとも熊？

振り向いて三咲に目配せし、その場から動かないよう指示して、そろそろと藪に分け入った。鹿ならともかく、熊なら逃げなくてはならない。息を殺して少しずつ身体の向きを変え首を伸ばし、木の陰からのぞき見ると鹿よりも背が高い。熊よりも細い。

人間だ。伯斗ではない、吉井でもない。

「田中よ」

三咲がいつの間にか後ろにいた。

「とうとうみつけた」

ほんとうに？　幻とばかり思っていたものに遭遇すると、すぐには信じられない。

「どうします？」

「トランクは持ってないわね」

「たぶん」

見た感じの動きがなめらかだ。

「あとをつけましょう。どこかに隠しているのよ」

そのどこかとは、どこだろう。もしかして六川村なのだろうか。

思ったが、口にはしなかった。人の命を引き合いに出されたらぐうの音も出ないが、六川村の存在はトランクの中身に比べたら遥かに重要だ。数百年もの間、綿々と受け継がれた伝説の真偽がかかっている。もしも発見されれば歴史上の一大事。その価値は人様を騙して集めた金などとうてい足元にも及ばない。

「晶良くん、ちゃんと見てよ。見失わないで」

けれどそんなことは三咲には通じそうもなく、晶良は田中らしき人影を追いかけることに専念した。


田中はどうやら湧き水を求めて近くの岩場まで来たらしい。ペットボトルに何本も汲んで背中のリュックにしまうと、布きれを取り出し浸して固く絞った。岩に腰を下ろし、顔や首筋を拭う。

手足の長いひょろりとした体格だ。なで肩の色白。ちらりと見えた顔立ちは目も鼻も口元も印象に乏しく、よく言えばあっさり。ふつうに言えば地味な外見だ。

今もまわりの枯れ草に同化してしまいそうに影が薄い。詐欺グループの大金を持ち逃げするようにはとても見えないし、じっさい横取りしたのは別の男だ。そして警戒心もほとんど感じられない。細長い枝を手にして地面をひっかき、中空をぼんやり眺めている。彼をめぐり大勢の人間が駆けずりまわっているのを知らないのだろうか。

見守っていると田中は立ち上がり、足元の枯れ葉を蹴ってから歩き出した。

追いかけようとして、三咲が木の根につまずいた。よろめいて摑んだ枝が折れる。距離にして十メートルはあっただろうか。田中の身体がしなって振り向く。こちらが見えたかどうかはわからないが即座に身を翻した。

晶良は反射的に地面を蹴った。茂みから躍り出て、倒木を次々乗り越える。岩を踏み越え、しなだれかかる枝をかわし、根っこの上を飛び移り、逃げる背中に迫る。あっという間に距離が縮まる。

田中は横たわる大木に手こずり、枯れ草の茂みに足を取られ、急斜面をずり落ちた。あわてて摑んだ枯れ木はなんの助けにもならない。悲鳴を上げた彼の腕を晶良が摑んだ。

「じたばたするな。落ちたら怪我するぞ」

そのまま力いっぱい、足場のしっかりしたところまで引き上げる。ぜいぜいと息をつき、田中はむせて咳《せ》き込む。苦しそうに身体を折り曲げる。やっとのことで「おまえは誰だ」と言葉を発した。どう言えば話が通じるだろうか。

「昨日の昼、診療所を訪ねた人間だ」

息をのんだらしく、田中の動きが止まる。首をひねって顔を向けてきた。白っぽいかさかさの唇がわななき、一重瞼の双眸に驚愕が浮かぶ。

「どうしてここにいる？」

「あんたを追いかけてきたに決まってるだろ」

「まさか。そんなはずない。来られるわけがないんだ」

驚いている意味に察しがついた。幾重にも連なる広く深い山の中で、ばったり出くわす方がどうかしているのだ。追いかけようとしても、途中で見失うのが当たり前。そう思うと、詐欺グループの四人はなぜあの場に現れたのだろう。素晴らしいピンポイントで晶良と三咲のいる場所にたどり着いたことになる。

「こっちこそ聞きたいよ。六川村をどうして知ってる？　あれはもう何十年も前に消え去った村だ」

「おまえ……」

「おれは地元の人間だ。子どもの頃からずっと幻の隠れ里を調べていた」

「だから来られたというのか」

晶良は首を縦に振り、我慢できずに田中を揺さぶった。

「教えてくれ。あんたは六川村の場所を知っているのか。これまでもそこに行ったことはあるのか」

問いかけていると、三咲が息を切らしやってきた。

「聞き出せたの？」

「いや、まだ」

返事をする晶良をよそに、田中は三咲を見て眉をひそめた。

「あんた、もしかして中島さんと会っていた……」

「そうよ。雑誌のライター。私のことをどこかで見ていた？　だったら自己紹介の手間が省けて助かるわ。すごく心配したの。間に合ってよかった。東京は今、大変なことになっているのよ。この意味、わかるでしょ？」

晶良に代わり、三咲が押し殺した声で迫る。田中は目を泳がせ「知らない」と唇を震わせた。

「とぼけないで。中島から何を預かったのかもわかっているのよ」

「あんたに関係ないだろ」

「あるわ。どうしてこんなところに来たのよ。こんな山奥！」

恨みを込めて噛みつく三咲をなだめ、晶良は晶良で田中に話しかけた。

「なあ、穴山梅雪は知ってるよな」

「うん……」

「おお、よかった。それはとぼけないでくれて。六川村と言えば穴山梅雪だよな。さっきの質問に答えてくれよ。あんたは村の場所を知っているのか？　行ったことはある？」

「ないよ」

「でも、かなり正確なルートを知っているだろ」

「おまえもか？　おまえも知っているからここまで来たのか？」

ついつい顔がゆるんでしまう。診療所で先生と話したときとノリは同じだ。そっちはどうよ、こっちも譲る気ないよ、と。

「子どもの頃から六川村のほぼ一点狙いなんだ」

「梅雪の軍資金か」

話が早い。にやりと笑ったところで、三咲に押しのけられた。

「晶良くん、いい加減にして。それどころじゃないの。すべてがすんだらどうぞ好きなだけ地面をほじくり返して。今は他にだいじなことがあるわ」

汗やら食事やらでメイクはほとんど落ちてしまっているが三咲は相変わらず美しく、すでに七時間を超えている過酷な山歩きもなんのその、柄の悪い男たちに出くわしたときだけ弱気だったけれど、すっかり立ち直っている。伯斗はなんて人を好きになったのだろう。

伯斗だ。

「えーっと村以外の話だと、田中さん、——田中さんでいいですか？」

むすっとした顔はされたが否定はされなかったので、田中でいいらしい。言葉遣いもなんとなく改まる。相手は明らかに年上だ。

「おれみたいな大学生っぽい男を見かけませんでしたか？　すごく重要なことなんです」

「知らない」

「ちらりとも見てませんか？」

うなずく。

「塚本さんはどうです？　田中さんは怪我を負って診療所に運び込まれたでしょう？　そのとき手を貸してくれた男性です」

たちまち顔色が変わる。知っているらしい。

「村で息子さんが一生懸命捜していました。塚本さんは潰れかかった工場のことを案じていたそうです。借金をなんとか返したいと必死で——」

「知らない」

晶良は三咲を見た。自分たち同様、田中も塚本さんとおぼしき亡骸に出くわしたのかもしれない、という推察を目で言うと伝わったらしい。にわかに彼女は猫なで声を出す。

「田中さん、あなたは中島さんとの約束を守るためにここに来たのでしょう？　誰のことも傷つけるつもりはない。それはわかっている。私たちはあなたを捕まえるために来たんじゃないの。心配して追いかけてきたの。だからもう少しちゃんと話をさせて」

三咲が聖母のような優しさで話しかけると、田中の身体から少しだけ力が抜けた。彼自身の疲れもあるのかもしれない。たったひとり、張り詰めた気持ちでここまで来たのだ。

そして彼女は田中を立ち上がらせることにも成功した。落ち着ける場所に行きましょうと促す。晶良もしんがりで歩き出す。と、ポケットの中の携帯が振動した。あわてて取り出す。アンテナが立っている。次々とメールの着信もあるが、電話そのものも入っていた。三咲に先に行くように合図して、耳にあてがった。

「無事か」

「こっちのセリフだ。おお晶良、生きてたんだな」

吉井だ。元気そうに返ってきた。

「おまえなあ、勝手に動くなよ。人影をみつけて見に行ったきりと聞いたぞ」

少し間が空く。

「心配してくれた？　晶良くん」

「あのなあ」

「おれだって大変だったんだぞ。おかしな連中が続々と現れ、そいつらに追いかけられた」

詐欺グループの連中が言っていたのは吉井のことか。

「今は安全なのか？」

「装備は立派でもへなちょこな奴らだったよ。それより、おまえは今どこだ」

「たぶん六川村のそば。田中を捕まえた。なあ、伯斗を見かけなかったか？」

「いや、さっぱり。鹿と猿はいた」

熊でないのは何よりだ。

「捕まえたのは田中って名前の狸じゃないだろうな」

「本物だよ。他にもいろいろあるんだ。吉井、今すぐ山を下りろ。先生や地元の人と合流し、警察を連れてきてくれ。頼む」

「他って？」

「塚本さんらしき人が死んでた。山をうろついてる連中もろくなもんじゃない。おれもむやみに動かず、この近くに隠れることにする。救助隊を要請してくれ」

「わかった。手配する。危ないまねはするなよ。それと……」

聞き取れない。携帯を見ると切れている。立っていたはずのアンテナも消えていた。電波の状況は安定しておらず、繋がったり途切れたりなのだろう。受信できたメールがいくつかあるが、先に行ってもらった三咲たちも放っておけない。

田中が水を汲んでいた岩場まで足早に戻った。晶良たちが様子をうかがっていた林も隣接している。

けれどどちらにも人の姿がない。しんと静まりかえっている。樹木が茂りただでさえ見通しの悪い場所で、ゆるやかな霧がたえず流れ込んでいる。いったん見失うとみつけにくいというのはわかるが、携帯でしゃべっていたのは五分足らずだ。忽然《こつぜん》と消えてしまうのは解せない。

「おーい」

晶良は腹の底から声を張り上げた。返事がない。三咲の名を呼んだが無反応だ。ふたりにしたのはうかつだったか。焦りで寒気がする。田中に脅されているのかもしれない。

慎重に言葉を選び、話しかけるように声を出す。

「聞こえているだろ。さっきの話の続きだ。おれは村への地図を持っている。見せるから出てこいよ。これがあればきっと行き着ける。おれが地図を持っている理由も話す。出てこい。一緒に行こう」

どこにいる。物音を立てろ。いらないならいらないと言え。枝を揺らせ。枯れ葉を踏み鳴らせ。

晶良は荷物の中から地図を取り出し、広げて掲げた。固唾をのんで耳を澄ます。田中も村にはたどり着いていない。だとしたら手がかりがほしいはずだ。

斜め後方から乾いた音がした。ガサリと落ち葉がきしむような気配がする。高い位置からではなく地面に近いところだ。鳥の仕業ではない。

晶良は音のする方へと飛び出した。立ち並んだ樹木や盛り上がった土塊に目を凝らすと、ごつごつした樫《かし》の木から人影がのぞく。田中だ。

「地図をどうして持っている？」

投げかけられた言葉に晶良はすぐには答えず、田中の全身に注意を払った。両手はからっぽで凶器の類は見あたらない。少なくとも三咲はナイフなどに脅かされていない。

「村なんかどうでもいいじゃない」

自由を奪われていない三咲が、田中の傍らから姿を現した。

晶良はその場に立ったまま、今度は三咲に話しかけた。

「突然いなくなったりして、どういうつもりですか」

「あなたのためよ。これ以上、付き合わせてはいけないと思ったの。学生でしょう？　ここで助けを待ちなさい」

「三咲さんはどこに行くんですか」

「田中さんとトランクを安全な場所に移すわ」

「伯斗は？」

「そのあと捜すわよ」

　ああそうですかと投げやりな気持ちになる。判断力の低下や疲労の蓄積、その理由に思い当たる。もういい。勝手にしてくれ。

　気力を失う晶良をよそに、田中の顔つきが変わった。晶良の背後を見て息をのむ。振り向くと誰かいる。さっき見かけた詐欺グループの連中だ。

　向こうも気づき、「動くな」と叫びながら近づいてくる。

　三咲が踵を返した。田中を引っぱって駆け出す。晶良もそうするつもりだった。鹿にでも猿にでもなって逃げ切りたい。

　けれども先頭のひとりが手にしているものを見て強ばった。拳銃のようなものを持っている。そして立ち止まり、逃げるふたりの背中に向けて構える。

距離にして二十メートルあるだろうか。

「止まれ、止まらないと撃つぞ！」

木々の間から三咲と田中が顔を向けてきたが、足は止まらない。

「よせっ」

自分でもなぜそうしたのかわからない。テーブルから転げ落ちそうになった生卵に、反射的に手を伸ばす感覚。

晶良は男のもとに駆け寄り、銃を持つ手に体当たりした。引き金を引いたらしいが弾はそれて藪に消えた。そいつを含めて相手は四人いた。いくらなんでも勝ち目はない。武器も持っている。警察もすぐにはたどり着けない無法地帯だ。

晶良は男にしがみつき、手から拳銃を奪うべくもがいた。男も暴れてふりほどかれる。再び食らいつく。もみ合っていると背後から頭を強く殴られた。素手ではない。石だろうか、枝だろうか。

それ以上は立っていられず、晶良は膝から崩れ落ちた。手を差し出してくれる者はいなかった。

東京・伯斗

態に出会ったら死んだふり、というのはよく聞くが、「ふり」というよりそれ以外のことができなかった。

監禁された地下室に男たちが入ってきたとき、伯斗は指先一本、動かすことができなかった。上原にしても迷ったにちがいない。開き直ってなにくわぬ顔でその場をごまかすべきか、徹底抗戦して逃げ道を作るか。

結局彼は決めかねて中途半端に抗《あらが》い、何かしらの武器を突きつけられたのだろう、少し大人しくなり、次は一転して自分は潔白だと騒ぎ立てた。男たちは力尽くで引きずっていこうとしたが、それを振り切ったのだと思う。

「放せよ。なんだよ、この扱いは。逃げも隠れもしねえよ。決まってるだろ」

上原のそんな声が聞こえた。伯斗はうつぶせで床に横たわっていたが、指を差されたらしい。

「おれよりも、そいつをなんとかしろ。死んでるならほっときゃいいが、生きてるなら担いでこいよ」

男たちがその言葉につられて伯斗に注意を向けたとき、上原はおそらくすごい勢いで駆け出した。あわてて男たちが追いかける。罵声と靴音が交錯し、物が倒れて壊れ、地下室全体が揺れてきしむ。伯斗は目をつぶったまま中島を思い出した。

町中で見かけた中島もまた物騒な連中に追いかけられ、鬼気迫る顔をしていた。あのときもっと身を入れて、逃げるなんて無理だと説得すれば、中島は死なずにすんだのだろうか。

伯斗はぐっと奥歯を嚙みしめ、頭を持ち上げた。中島の死に顔を想像して初めて手足に力が入る。身体を床から起こす。男たちは出て行ったままだ。上原を捕らえるのに夢中なのだ。這うようにして扉に向かった。外気が感じられる。壊れた扉から表に出て、階段をずるずる這い上がる。外は薄暗かった。空に分厚い雲が広がっているので太陽が見えない。時間の見当がつかない。細い路地に人気もなかった。大声で助けを求めたかったが、男たちが近くにいたら文字通り命取りだ。

伯斗は立ち上がってよろよろと小径を歩いた。バイト先の編プロはすぐそばだ。一歩一歩が苦しい。膝から崩れそうになる。

でも、ここで倒れるわけにはいかない。晶良を捜さなくては。一刻も早く山から下りるように言わなくては。

朦朧とした意識の中で角を曲がり、目指すビルがやっと見える。その前に人影があった。我慢できずによろけてしまう。物音が聞こえたのだろう。立ち去ろうとした人影が振り向く。

伯斗は「ああ」と声にならない声を発した。

七章　のぞみて鳥の鳴く声の

深い淵《ふち》をどこまでも果てしなく落ちていく感覚だけがあった。かすかな水圧、ゆるやかだけれど抗いようのない落下。取り巻く闇が次第に濃くなる。底へ底へと吸い寄せられていく。瞼を閉じているのに、行き着く先の漆黒が見えるようだ。内臓が冷たい手で締めつけられる。不快感ごと真っ逆さまに落ちていく。

「おい――」

強い力で揺さぶられ、あたりの景色が変わった。どんよりとした水底が霧散する。

「起きろ、おい」

誰かに頬を叩かれ、晶良は反射的に顔をそむけた。頭を小突かれ、みじろぎしながら目を開ける。見知らぬ男たちがまわりにいた。額につたう水滴が目に入り握り拳で拭う。ペットボトルを手にした男がにやりと笑った。水をかけられたらしい。チャラいホスト風の男に、どことなく見覚えがあった。

「しっかりしろよ。いつまでも寝てるなら、谷底に蹴り落とすぞ」

「誰だ、おまえ」

かすれた声を振り絞ると男たちはくぐもった笑い声を漏らした。さらに何か言ってやろうとするも後頭部が痛む。晶良は片手をあてがった。そのままエビのように背中を丸めてしまう。がさがさと枯れ葉の動く音がした。腕も脇腹も足も、頭ほどではないが痛い。石やら小枝やらの上に横たわっているのだ。

後ろから殴られ、その場に倒れたから。やっと思い出す。

金を持ち逃げしたという田中のあとを追い、自分は三咲と共に山に分け入った。田中の目指すのは六川村らしい。その近くまで来たとき、彼をみつけて捕らえた。そこまではよかった。ほんとうにいるのかどうか、実在を疑いたくなるような謎の人物を捕まえ、いくつかの言葉を交わした。

ようやく一連の騒ぎについて真実が明らかになると思いきや、目を離した隙に三咲は田中を連れて姿をくらました。おまけに田中を捜す追っ手まで現れ、考えるより先に、自分は彼らを食い止めようとしていた。

バカだ。ようやく思う。なぜ逃げなかったのだろう。おかげでこのざまだ。どれくらい気を失っていたのか。おそらく長い時間じゃない。

「おまえは誰だと、聞きたいのはこっちだよ。あの女の知り合いか？」

片膝をついた男が晶良の顔をのぞき込む。眼鏡をかけた銀行マン風の男だった。これにも見覚えがある。山道で姿を見かけた詐欺グループのひとりだ。晶良は首を横に振った。

「今朝、河原で初めて会った」

「へえ。だったらなんで一緒にいた？」

「行方不明になった地元の人を捜して山に入った。初老の男性だ。診療所の先生に頼まれた」

「それだけ？」

腕が伸びてきて、頬を叩かれた。軽くだけれど威圧感は半端ない。本物なのか偽物なのか、拳銃を手にしている者もいれば、ナイフをこれみよがしにちらつかせている者もいる。路地裏やゲームセンターにたむろしているようなわかりやすいチンピラ風ではなく、ひとりひとりを見ればごくふつうの、どこにでもいるような若い男たちだ。町中だったら気にも留めずすれ違っているだろう。目つきが悪く、得体の知れない凄みを感じるのは、この場の状況のせいだろう。切れると何をするかわからないような不気味さが漂う。

「それだけでおれたちの邪魔をするわけないだろ。おまえはあいつらを逃がした。自分の危険も顧みず、庇《かば》ってやったんだよな。えらいじゃないか。落とし前はつけてもらう」

びびった顔をしたらしく、鼻先で笑われた。

「あの男の向かった先に、おれたちを案内しろよ」

どこだ、それは。

「できないとは言わせないぞ。じっさいおまえと女は田中に追いついたじゃないか。これだけ広い山の中で、まぐれの偶然なんてありえない。そうだろ？　おまえは田中の行き先を知っている。連れて行くと言うなら生かしてやろう。NOならこの場でくたばれ」

晶良が唇を噛むと、銀行マン風の男はさらに畳みかける。

「田中が何を持っているのかも、知ってるんだろう？」

返事に窮すると男は満足げに嗤《わら》った。

「あいつの故郷は六川村っていうんだな。もうなくなっていて、地図にも載ってない。ずいぶんなところを選んでくれたよ。おかげでおれたちは大迷惑だ。こんな辺鄙《へんぴ》な山奥にまで来させられた」

晶良は気力をかき集めて首を横に振った。

「村がなくなったのは昭和の中頃だ。田中も、その親も、おそらく住んでいない。住めなかったはずだ。それでどうして『故郷』なんて言い方をするのか。なあ、何か聞いているか？」

男は眉間に皺を寄せ口元をひん曲げた。晶良の胸ぐらを力まかせに摑む。

「誰にものを言ってる。よけいなことを考えるな。しゃべるな。村を知ってるなら、さっさとそこに連れて行け。一時間だ。いいか、一時間経ってもわけのわからない場所をうろついてるなら、おまえに用はない。穴を掘って埋めてやろう。はったりだと思うなよ。いいものを見せてやろう」

胸ぐらから手を離し、そいつは自分のジャケットをまさぐった。ポケットから出したのは携帯だ。画面を操作してから、晶良にも見せるように向きを変えた。暗い画面の中で何か動いている。動画らしい。音量を上げると、ひっひっひっと気味の悪い声が聞こえてきた。すばやく動く者もあり、殴りつけるような重い音もする。ぎゃーという悲鳴。どすっ、ばきっ、ぐわっとしばらく続き、取り囲んでいる者たちから囃《はや》し立てる声が上がった。

「わっ」

突然、アップになった男の顔に晶良はのけぞった。力任せに何度も殴られ蹴られたにちがいない。すでにもとの形を留めていないむごたらしい顔があった。血だらけの口で何か言う。動画はそこで止まったが、晶良の心臓はどくどく音を立てて動き、身体が揺れてしまう。

「腰を抜かしている場合じゃないぞ。こうなりたくなかったらしっかり案内しろ。もっと見たいか？　見せてやるよ。三十分後、こいつが命乞いをしながら生き埋めにされるところをな」

「中島？　今のは中島か？」

すがるように尋ねていた。伯斗ではない。次に浮かんだ名前がそれだ。

「いいや、こいつは上原という。中島をそそのかし金の保管場所を教え、盗ませたんだ。その金を横取りするつもりが、中島の舎弟分の田中にまんまと持ち逃げされた。バカなやつだ。下への見せしめもある。それなりの処分はさせてもらったよ。おまえもこうなりたくなかったらさっさと起きろ」

凍りつくだけの晶良を、何人かの男が無理やり引きずり上げた。立ち上がったところをぼやぼやするなと蹴られる。よろけたけれど、辛うじて踏みとどまった。倒れたり泣き言を言ったりしては、ほんとうにどうなるかわからない。

自分のリュックを尋ねると、いらないだろうとまたしてもどつかれる。

「コンパスやロープが入っている。装備がなければ山道は歩けない」

眼鏡男は舌打ちしたが、別の男が放り投げてきたので急いでそれを背中にしょった。

身体のわななきが少しだけ引く。後頭部の痛みはあるが手のひらを見ると血はついていない。荒い息をつきながら、あたりを見渡した。雑木林にぐるりと囲まれたゆるやかな斜面だ。曇天の下の木々は死んだような灰色で、目に映るものすべてが殺伐としている。建物や電線はなく、森林を含めた植物はすべて野放図に広がっている。人の手がまったく入っていない。

「早くしろ」

「ここがどこだかわからなきゃ、動きようもない」

三十分だぞ、一時間だぞという脅し文句を聞きつつ、晶良は必死に頭を働かせた。

田中の行き先まで案内するのが役目で、それが不可能なら殺されかねない。でも行き先が六川村ならば、どこにあるのか見当もつかない。方角すらわからない。そもそも戦国の世から約四百年、隠密にされていた里なのだ。命がかかっていようがなんだろうが、三十分や一時間でこれという場所に出られるわけがない。

本能寺と共に炎に包まれた信長の遺骸を、今すぐ持ってこいと言っているようなものだ。明智光秀でさえみつけられなかったものがどうして手に入る。隠れ里にしても、同時代の武将たちが必死に探しまわっただろうに、誰ひとり発見できなかった。だからこそ、太平洋戦争後まで村は残った。

土地のお殿様が命じた大きな役目。村人たちは純粋に、あるいは愚直なまでに、言いつけを守ろうとした。お殿様が死んでもだ。役目は生き続けた。

戦後まで村があったのは、お殿様である穴山梅雪の隠したかったものが、誰にも奪われなかったからだ。守るべきものが守り通せていたから、頑《かたく》なに外との交渉を断った。

「おい」

男たちに小突かれた。晶良は慎重に左右を見ながら歩き出した。四百年以上も探せなかった場所だと、ここで言ってみても通じない。無理のレベルが桁外れだとわかってもらえない。だとしたら、逃げることだけ考えよう。男たちは四人いる。自分はひとり。でも、この中で一番山に慣れているのは自分だ。斜面をほんの五分ほど進んだだけで確信した。一歩一歩の足の置き場所、踏みしめる力加減、摑む枝の種類、蔦の強度の見極め、体重の掛け方、抜き方、どれひとつ取っても下手すぎる。アウトドア好きと言っていた三咲の方が、飲み込みは早かった。

よくぞ追いつけたものだ。ひょっとしたら、正攻法ではなく他に有利な点があったのかもしれない。

「『あの女』って言ってたけど、三咲さんを知ってるのか?」

傍らを歩くホスト風の男に話しかけた。リュウと呼ばれている。同年代だと思う。

「みんな山は初心者だろ。こんな山奥まで、よく追いかけてきたよな。すごいよ」

「GPSだ」

後ろを気にしながらそれだけ言う。

「誰が誰に仕込んでいた?」

「仕込まれていたのは女」

なんということだ。彼女は気づいていなかったのだろう。けれどＧＰＳがあればと腑《ふ》に落ちる。

「上原っていうのはほんとうに死んだのか？」

「おまえもそうなるよ」

やっと聞こえる程度の低い声だ。物騒なことを言うが、答えてくれるのはこのさいありがたい。晶良も声を落とし、早口で囁いた。

「田中のスーツケースを奪い返したとして、この中の何人が生きて帰れる？」

リュウの顔つきを見ながら、さも目的地があるような足取りで晶良は斜面を上がる。適当なところで横に移動する。リュウの表情は暗い。詐欺を働き、口先だけで大金を騙し取るのと、凄惨《せいさん》なリンチの果てに命乞いする男を殺すのとでは、犯罪の種類が異なる。

眼鏡男にしてみれば、裏切ればこうなると仲間内への見せしめだろうが、びびって服従する者もいれば、嫌悪する者もいる。明日は我が身という言葉を思い出す者もいる。

「リュウっていうの？　おれは晶良」

「聞いてねえよ。いい気になるな」

「迷惑はかけない。自分でなんとかする」

「何を？　逃げられっこないぞ」

「ぶち殺されるより、遭難の方がましだ」

　そのために使えそうな崖や淵をずっと探している。悪路を切り開き、林の奥や岩陰に目を凝らす。六川村へのルートなど考えもしない。ほんの一瞬でいい。連中の視界から消えることができれば、深い山はきっと人ひとりをのみ込んでくれる。運を天に任せるのでかまわない。

　リュウは唇を噛み、垂れ下がる枯れ枝を乱暴に払いのけた。足の動きが鈍くなる。たちまち他の男が追い抜き、晶良のすぐ後ろについた。ほんとうにこっちかよ、あとどれくらいだ、道はないのか、日が暮れちまう、と騒ぐ。大柄で、声まで大きい。山歩きのセンスはないが体力だけはあるらしい。

　倒木が越えられないので仕方なく手を貸してやっていると、乱立する木々の奥で何かが光った。白く小さな光だ。晶良が顔を向けると、瞬くように消えてまた点《つ》く。距離にして、二、三十メートルだろうか。

　誰かいる？　人間か？　吉井？

　大柄男をうかがうと、歩きにくい藪に手こずり、しきりに悪態をついている。光には気づいていない。晶良たちが先頭なので、他の者たちにも見えなかったはずだ。胸の鼓動がまた速くなる。額の汗を拭った。立ち止まっていると、後続隊がすぐに追いついてくる。

晶良は腕を背中にまわし、リュックのポケットから懐中電灯を引き抜いた。大柄男に見られないよう、木々に背を向けてスイッチを入れた。すぐ切る。合図になっただろうか。

首をひねると、こちらの動作が見えているように、また光が瞬いた。

男たちに捕らえられているのを知り、向こうも合図だけを送ってきているのだ。

ひとりじゃない。逃げられる。思ったとたん駆け出したくなるが、生き延びることへの欲も出る。一か八かの賭けではなく、もっと手堅い離脱を図りたい。そうしなくては。

光を点滅させている相手も、慎重に距離を保っている。もしも吉井ならば、共に逃げられるような場所を虎視《こし》眈々《たんたん》と狙うだろう。任せよう。

眼鏡男たちが追いついてきて、ほんとうにこっちかと、大柄男と同じようなことを言う。

リュウはひょろりとした男の腕を取り、引っぱったり押し上げたりとそれなりに面倒を見ている。先頭に立つ晶良とは離れてしまったが、こちらを見るなり目をそらす。逃げたいなら勝手にしろと言われているようだ。眼鏡男に黙っていてくれるなら、十分ありがたい。彼自身、この山歩きにうんざりしているのかもしれない。現金数億円に目がくらんでも、生きて帰れなければ意味がない。

晶良は自分の荷物を下ろし、もっともらしく地図を出して今の位置を眼鏡男に説明した。

この近くに目印の石仏があるはずだ、と言う。口から出任せだ。歩き出して三十分が経っていたが、眼鏡男はむごたらしい動画の続きを見せることなく、早く探せと息巻いた。うなずいて再び移動を開始する。あっちだ、こっちだと腕を差し伸べ、ダッシュをくり返し、少しずつ連中との距離を開けていく。大柄男はくっついてきたが、またしても倒木に動きを阻まれる。

そのとき、林の奥で白い光がぐるぐる輪を描いた。早く早くと急かすように振られる。晶良は倒木の幹によじ登りかけた大柄男を見て、力いっぱい地面を蹴った。茂みに飛び込む。木々の間に隠れ、そこからさらに奥へと急ぐ。脈打つ根っこを乗り越え、ただひたすら光の場所を目指す。

その光もまた移動を始める。背後から怒鳴り声が聞こえた。静まりかえった雑木林に野太い声が響く。待て、おい、どこだ、どこにいる、答えろ、てめえ。

斜面に足を取られ、ずるずる滑り落ちると、その先に山崩れでえぐり取られたような崖があった。晶良の蹴った枝葉や土塊が飛んだり跳ねたりしながら落ちていく。湾曲した巨木にしがみつき、斜めに生える草木を摑んで横に移動した。足場がもろく、踏み固められない。

「こっちだ！」

声がした。木々が生い茂っているのであたりは日暮れ時のように暗い。這うようにして斜め下に下り、小さなくぼみをみつけて身体を押しつけた。追っ手の声が聞こえる。捜せ、逃がすなと、大騒ぎが頭上から降ってくる。晶良は命綱のような蔦を握りしめ、目をつぶった。息を殺す。崖だとわかって下りてくる者はいない。そう祈るしかない。

しばらくして物音が途絶えた。耳を澄ましても、声らしいものは聞こえない。遠くに響くザーザーという音は下を走る渓流だろう。目を開けて左右をうかがった。

「おい、そこに誰かいるんだろ。何か言ってくれ」

小声で呼びかけたが返事はない。

身じろぎすると足元の土塊が転がり落ちた。蔦を握りながらもっと丈夫そうな木を探し、しがみついて再び斜面をそろそろ下りた。途中に苔《こけ》むした大岩があり、その陰に動くものがあった。傾斜がゆるんだところで、少しだけ歩きやすくなる。

晶良はぐるりとまわり込んだ。岩陰をのぞいてハッとした。

てっきり吉井だと思ったのに、ちがう。

「田中さん――」

暗がりの中で相手も晶良を見て、気まずそうに顔を歪めた。三咲はどこだろう。きょろきょろすると身を伏せるように言われた。

「三咲さんは？」

「まいてきた」

ふたりして岩陰に身を潜める。必然的に田中とぴったりくっつく。

「まいてって……」

「あの人はおまえのことがどうでもいいらしい」

そうだろうなとすぐ思う。今さらながら虚《むな》しい。

「おまえたち、どういう関係？」

ほんの何時間か前に出会ったばかりだ。東京の大学に行った幼なじみの、バイト先の先輩。ふたりとも振り込み詐欺のグループについて取材していたらしい。中島との関わり合いもそこからだ。

「山梨出身の大学生で、編プロのバイトか。中島さんの話の中に、そいつのことが出てきたかも」

「直接会ったことはないですか。名前は伯斗」

「ないと思う。たぶん」

「今は行方不明なんです。連絡が取れなくなって。三咲さんは伯斗が六川村に向かっているんじゃないかと考え、ここまで来たそうです」

「だったらそれも疑ってかかるべきだな」

痛いところを突かれる。

「彼女の狙いは最初から、おれが持ち逃げした金だろ？」

今となればうなずくしかない。大金は人を変えると言ったが、あれは自分自身のことだったのか。

三咲が伯斗のことを持ち出すのは、決まって晶良に道案内させたいときだ。塚本さんの亡骸の近くにあった紙切れ、大学の構内図をメモしたあれも、ひょっとして三咲がわざと落としたのではないか？　伯斗がその場にいたと装うために。捜さなくてはと晶良に発破をかけるために。東京に戻った伯斗と会う機会があれば、メモを手に入れることができたのかもしれない。

そして田中が現れたとたん、晶良は用なし以下の邪魔者扱いだ。

「そうだ。助けてくれてありがとうございます。おかげで命拾いしました」

「おまえの方が先じゃないか。あの連中が来たとき、逃がしてくれただろ。あいつら銃を持っていたのに」

「あれはつい、無我夢中で」

とっさのこととはいえ、後先考えないふるまいだった。凶暴な連中の前に、なんの装備もなく躍り出てしまった。無茶するな、死にたいのかと、伯斗がいれば怒鳴られただろう。

晶良が冷や汗を拭うと、田中は表情を和らげた。それを見て、途中で断ち切れていた問いかけを再び口にした。

「どうして六川村のことを郷里の村と言ったんですか。昭和の中頃になくなった村でしょう？　あなたやおれの生まれるずっと前だ」

和らいでいた田中の頬がまた強ばる。ぴったりくっついていても隙間風が吹くようだが、晶良は逃すまいと畳みかける。

「教えてください。わざわざ言うからには理由があるんですよね。土地勘のない人間なら聞き流すだろうが、知ってる者なら引っかかる。伯斗もだ。あいつも耳にしたのが六川村の名前だったから、ほっとけなかった。長いこと憧れ続けた隠れ里です」

「おれは末裔なんだ」

「末裔？」

「母方のばあちゃんが六川村の出身だ」

田中の祖母。指折り数えるまでもない。昭和三十年前後まで実在した村ならば、六十代以上の人は可能性としてありうる。

「あなたのおばあさんが、穴山梅雪の隠れ里で生まれたんですか」

「そうなるな。おれの親父ってのが根っからの山師で、梅雪の隠し財産を狙っていた。手がかりほしさで、お袋に近づいたんだ」

田中の母親に？

「ばあちゃんが村の生まれだとわかったからだ。場所を教えてほしかったんだよ。お袋の気を引いて、あの手この手で近づいて、その結果、生まれたのがおれだ」

情報を引き出そうとしたのか。

「教えてもらったなら、村にはたどり着きました？」

とたんに「バカか」と怒鳴られた。

「みつけていたら大ニュースになってるよ。おれだって今ごろでかい家で暮らしていたかもしれない」

「そうですね。すみません。いつも、誰かが行き着くんじゃないかと考えてるもんで」

「ほんと宝探しの連中って単細胞だな」

反論のしようもない。多くの人々の分まで肩身を狭くする。

「親父はお袋にせがみ、お袋はばあちゃんに掛け合い、ほとんど泣き落とすようにして村の場所を聞き出した。地図らしいものを作り、親父は何度も山に入った。そしていつの間にかいなくなった」

「どうしたんですか？」

「くたばったんだと思うよ。この山のどこかで」

突き放したような、淡々とした声だった。田中は目の前に広がる暗がりをじっとみつめる。

「誰にも言わずひとりで山に入り、どこかで傷を負う。飢えと寒さで意識を失い、冷たくなる。考えられることだろ。もともとが風来坊だった。数ヶ月、姿を見せなくても気に留める人はいない。そのうち帰ってくるだろうで片づけ、一年経ち、二年経ち、さすがにおかしいと思い始める。でもそのときはもう、捜しようもない。枯れ葉に埋もれ、土に還《かえ》り、そのへんの木の苗床になっているんじゃないか。死んで山の一部になり、隠れ里の場所がわかったなら、本望なのかもしれない」

晶良は口をつぐんで下を向いた。悪い冗談には聞こえない。いかにもありそうな話というのが苦々しいだけ。埋蔵金探しにのめり込み、身上《しんしょう》を潰した人は昔から多くいる。今度こそきっと、あと少し、もう一日、もう一メートルと止まらなくなる。診療所の先生は本業を続けているだけましな方だ。

自分にしても、六川村についつい過剰反応してしまう。さっきも眼鏡男の非道っぷりにびびりながら、田中のことを知りたがった。数億円の現金に夢中になる三咲とどこがちがうのだろう。

別のことを尋ねる。

「中島から預かった金を、六川村に運ぼうとしたのはなぜですか？」

「秘密の場所に隠しておこうとなったとき、そこしか浮かばなかった。中島さんもおまえの郷里にしろと言ったし」

「こんな山奥とは思いもしないですよ。さびれた村くらいのイメージでしょ」

田中は少し間を置き、言葉を選ぶようにして口を開く。

「ほんとうは警察に行くべきなんだよな。自首っていうの？　そういうの。下っ端とはいえ、おれも中島さんも悪いことをやってた。あれは他人の金だ。わかっている。けど中島さんが真っ青になって、がたがた震えるようにして頼むと言うんだ。断れなかった。おれが首を横に振ったら、ほんとうに死んじまうんじゃないかと思った。少しでも安心させたくて、誰も知らない村に隠すと言ったんだ」

非道な眼鏡男の口ぶりからすると、中島は上原というのにそそのかされたらしい。それに気づいたのか、組織への恐れからか、奪った金を手元には置かず田中に預けた。いずれ回収しに、村へと足を運ぶつもりだったのだろうが。

「早川沿いの畑湯温泉には泊まりましたか？」

「ああ。でもなぜそれを」

「山に入ったところで白いタオルをみつけました。旅館の名前があった」

田中はまったく気づいていなかったらしい。自らの失態に顔をしかめる。

「しまった。落としたのか」

「そのあと鳥見村で寝泊まりしたでしょう？　無人の家の二階で」

またしても驚き、目を見張る。

「もしかして一軒ずつ見てまわったのか」

「おれと伯斗、昔からかなり本気なんです」

「そうらしいな。よくわかった」

「鳥見村を出てしばらく行った先で、足を踏み外すとかして怪我をしたのでは？」

観念したようにうなずく。

「重たいトランクを押したり引っぱったりしているうちに、バランスを崩した」

「そして診療所に運ばれた。先生の他にもうひとり、初老の男の人がいたでしょう？　塚本さんです。トランクのことを教えましたか？」

田中は「いいや」と言いつつ、自信がなさそうだ。

「あのときは意識が朦朧として夢と現実の区別がつかなかった。このまま死んじまうんじゃないかとも思った。だから、中島さんにトランクを渡してほしいと言ったかもしれない」

中身については話さなかったのだろうか。言わなくても価値のあるものだと感じ取れたのだ。

「塚本さん、あなたを助けたあと山に入り、トランクをみつけたんだと思います。回収しようと再び山に入り、それから行方不明に。なんか、工場の経営が苦しかったみたいで、まとまった金がどうしてもほしかったんだと看護師さんが」

「だったら」

絞り出すような声で言う。

「そのまま持って帰ればよかったのに」

本心だろうか。晶良が盗み見ると、田中はひどく思い詰めた顔をしていた。塚本さんの望みが永遠に叶わないことをちゃんと知っているのだ。

「亡くなっているのを見たんですね」

首が縦に振られた。

「診療所にわけのわからない連中がやってきて——それはおまえらだったんだよな、やばい気がして逃げなきゃと思った。先生や看護師さんには申し訳ないと思ったよ。治療費を踏み倒すのも心苦しかった。でもなぜ東京からやってきたのかは話せない。山の装備を失敬し、とにかくトランクを捜すことにした。あれがあればまとまった金を送ることもできる。そういう考えも頭をかすめたんだ。けれど山に入って真っ先に出くわしたのは、おれを助けてくれたじいさんの変わり果てた姿だった」

　田中は自分の両膝を抱え込み、腕に力を入れる。

「頭がまたぼうっとして、何度も気が遠くなって、汗が噴き出して。やみくもにまわりをうろついていたらトランクをみつけた。そこからはただひたすら六川村を目指して……」

「どうして？」

　聞かずにいられなかった。なぜ村に行きたがるのだろう。自分のように埋蔵金伝説に引かれてではあるまい。

「中島さんとの約束だから」

「それだけですか」

「行けるところまで行って、もうおしまいにしたい。何もかも」

　抱えた膝に顔を押しつける。

「どういう意味ですか」

「おれは犯罪者だ。人を騙して金を巻き上げる詐欺師の一味だ。おれに関わったせいで死人まで出た。生きていたって、ろくなことにはならないんだ」

　晶良の方が頭を抱え込みたくなった。凶悪な人殺し連中がうろうろしている無法地帯とも言うべき山奥で、生き延びるための知恵をひねり出さなきゃいけないこの場面で、捨て鉢の台詞を聞かされて、どういう態度を取ればいいのだろう。

このままだと望もうが望むまいが生き延びられない。飢え死にか凍死か衰弱死か、あの連中に捕まってなぶり殺しか。

「世をはかなむ前に手を貸してくださいよ。さっきだって、おれはあなたのおかげで助かった」

「あれはおまえが先に――」

「地図を見せますから。六川村の地図」

見たいでしょう？　という顔で言うと田中の生気が戻る。

晶良はすぐさま自分の荷物の中からそれを取り出した。開いて、懐中電灯で照らしてやる。

田中は食い入るように見入った。

「この地図、どうしておまえが？」

「おれもばあちゃん絡みです。おれのばあちゃんは甲府の人なんですけど、小学校の友だちに六川村出身の子がいて……」

言いながら、「え？」と思う。田中も同じことを考えたらしい。

「その子の名前は？」

「なんだっただろう。伯斗なら覚えているかもしれないけど」

「おまえのおばあちゃんっていくつ？　昭和何年生まれ？」

「終戦の年に小学生だから、生まれたのは昭和十二年とか、十三年かな」

晶良の返事を聞き、田中は肩に力を入れた。

「そっちのおばあちゃんは何年生まれ？」

「同じくらいだ。でもってこの地図、おれが持っているのと似ている」

「もしかして、同じ人が描いたからかな。うちのばあちゃんは、六川村出身の女の子からもらったと言ってた」

田中は唇を噛んでから、晶良の方に顔を向けた。

「元気にしてるのか？　まだ甲府にいる？　それとも離れて住んでる？」

「ずっと甲府です。同じ家に住んでいて、元気ですよ」

それを聞き、大きく息をついた。

「おまえがばあちゃんの知り合いの孫なら、おれ、おまえのために何かする」

「は？」

「何かって言っても、大したことはできないけど」

「どうしてそうなるんですか」

「ばあちゃんにはもう長いこと会ってない。おふくろが再婚したときに、なんとなく居づらくなってアパートを出て、おふくろともやりとりしてない」

親の再婚は田中が十六のときだという。母親のもとから離れ、友だちの家を転々とし、学校には行かず悪い仲間と付き合い、お決まりの転落人生だと肩をすくめた。

「おまえのためというより、少しでもばあちゃん孝行がしたいんだ。子どもの頃の思い出で唯一なつかしいのはばあちゃんとの思い出だ。だから手を貸す。どうしたい？」

「そりゃまあ、こんな状況なので、安全なところに移動したいです。水がないから汲みたいし」

言いながら地図をしまおうとして別の紙切れに気づいた。取り出して開き、あっと思う。カノコ先輩から見せてもらった古い歌集の写しだ。田中ものぞき込むので見せてやった。

「穴山梅雪の作らしい和歌です。でも伯斗は、それにしては下手くそだと言ってたんです。おれもそうかなと思ってたんだけど」

「なんだよ」

「この和歌に興味を持って、注釈をつけたのはカノコ先輩の叔父。あの、診療所の先生だと思います。ということは、埋蔵金に本気で入れ込んでる山師でもある。つまり、これはただの和歌じゃない」

「どういうこと？」

「梅雪の隠れ里を暗示している。そう考えて、特別視していた歌ですよ」

富士やまの　みねより甲斐をながむれば　白峰とほく　ひかりふりつむ

思い切りうがった見方をしてみれば、真っ先に気になるのは「ひかり」だ。

「富士山から甲斐国を眺めれば、光り輝くものがどうのこうのって」

「おれ、和歌の解釈なんてさっぱりだけど、白峰ってのは北岳のことかもよ。ばあちゃんがそう呼んでた」

晶良は急いでリュックから市販の地図を取り出した。広域マップだ。富士山から北岳まで指でたどる。すると早川沿いの、今いるエリアが重なっている。

「だから先生はこのあたりを一生懸命探索していたんだ」

けれどもエリアとしては広すぎてみつけられなかった。

「そうだ、和歌はもうひとつあるんです」

ひがしにし　のぞみて鳥の鳴く声の　みすみのうちに　むつみありけり

こちらはすぐにはピンとこない。なんだろう。

「わからないな」

「線が二本引けたら、交わったところに宝があると考えられるのにな」

「ですよね」

じっとしていても考えが浮かびそうになく、時間が勿体《もったい》ないので移動を開始することにした。カノコ先輩や先生とも早急に連絡が取りたいので、携帯の電波が入りそうなところも探す。

斜面を下りて足場のいいところに出ると、湧き水をみつけてお互い水分を補給した。水筒も満タンにして、晶良は手持ちの保存食を田中に分け与えた。彼は診療所にあったものを適当に詰めたそうで、食料はすでに食べきっていた。晶良にも余裕はなく、何日も山にこもって救出を待つのは厳しい。

すでに午後三時近かった。山の日暮れは早い。動けるのはせいぜいあと一時間。携帯の充電は田中の持っていたバッテリーを貸してもらえたのがありがたかった。

まわりの物音や気配に注意しながら、見通しのよさそうな場所を求め、再び移動を開始する。さっきの連中に出くわさないよう常に前後左右をうかがっていると、和歌の冒頭を思い出した。

ひがしにし　のぞみて鳥の

自分も今、東や西に視線を向けている。最初の和歌をあてはめれば、東に富士山、西に北岳となる。

鳥とはなんだろう。カラスだろうか。山鳩だろうか。数百年前にもこの山にいた鳥だ。それは富士山と北岳が見える場所に止まっていたのだろう。

「もっと食べ物を買っておけばよかった。こうなるとバッテリーも。ああ、でも崖から落ちたときに手荷物はなくしたんだよな。バッテリーはポケットに入れておいたから無事で」

「コンビニですね」

「旅館に行く前に寄ったんだ」

田中のぼやきを聞きながら、鳥見村の家で見た菓子袋を思い出した。

あの日は旅館のタオルもみつけた。村の名前も確認できた。

「鳥見村」

「ん？」

「田中さんが寝泊まりしていた空き家のあった村。鳥見村でしたね」

「ああ」

彼も知っているのだ。おばあさんから聞いたのだろう。地図にも記入されていたのか。

「鳥ですよ。カラスでも山鳩でもなく、村の名前に『鳥』が入っている。東に富士山、西に北岳をのぞむ村」

「とりみとむつみか……」

ぽつんとこぼれた田中のつぶやきを晶良は聞き逃さなかった。

「今、なんて言いましたか」

「何って、とりみとむつみのこと？　昔このあたりでは湧き水を山の恵みとしてだいじにしていたらしいんだ。だから、とりみの『み』には水という意味も込められている。同じように川に流れているのも水だ。六川村も『むつかわ』ではなく『むつみ』と呼ぶ人がいたかもしれない」

「それですよ」

勢い込んで言うと田中は怪訝な顔つきで身体を引いた。

「なんだよいきなり」

「さっきの和歌です。『ひがしにし　のぞみて鳥の鳴く声の　みすみのうちに　むつみありけり』、ここに出てくる『鳥』は鳥見村。『むつみ』は六川村を指しているんじゃないですか？」

「だったら……」

「みすみのうちに、六川村がある」

ふたりして互いの顔をまじまじとみつめる。そこに答えが書いてあるわけではないのだろうけれど。

みすみならば、漢字をあてはめると三角か。富士山と北岳を結ぶ線。そこに鳥見村と富士山、鳥見村と北岳を結ぶ線を入れると、おそらく三角形ができあがる。六川村はその内側ということ？

地図の広げられる場所を探して歩いていると携帯のアンテナが立った。晶良はすばやくメール文を作った。ふたつの和歌のうち、鳥は鳥見村、むつみは六川村。先生にそう伝えてほしい。これから田中と一緒にそこを目指すので合流したい、というのも書いた。カノコ先輩のアドレスに送る。

あらためて腰を据え、荷物の中から市販の山岳マップと手描きの地図を取り出した。田中もまた、上着のポケットをまさぐる。細かい注釈の入った手作りの地図を広げる。

父親が残したものに、自分なりに手を加えたものだという。

「一番詳しいのは親父が持っていったままだけど、これをたよりに何度か山に入った。おれの印もプラスされてる」

田中は行方不明の父親を捜しに行ったらしい。いくつのときだろう。彼にとって、埋蔵金とはなんだろう。

「さっきの和歌、お父さんは知っていたと思います？」

晶良が尋ねると、首を横に振る。

「知らないだろうな。親父も昔は埋蔵金にわくわくしたんじゃないかな。そういう時期もあったと思うんだ。でも、のめり込みすぎて他のことが見えなくなった。宝を探す仲間みたいなものも信じられず、一匹狼を気取ってろくに情報交換もせず、いつかきっとみんなの鼻を明かしてやると口癖のように言っていた。当時の文献だの、和歌の意味だの、考えられなかったと思うよ」

うなずく晶良を見て、「でも」と続ける。

「これのおかげで現在地の見当がつきそうだ。初めて、親父も人の役に立つってもんだ。おまえも考えろよ」

何枚もの地図をばさばさやって、今まで通った尾根や渓流沿いの崖をたどり、雲間に見かけた遠くの山を特定し、コンパスで距離を測って現在地を割り出していく。そこにさっきの和歌の推理を乗せていく。富士山と北岳を結ぶライン。鳥見村、その内側。おそらく三角の真ん中。どういう三角なのかは不明だが、ぐっと絞られる。よし。

「ここから北北西に七百メートル」

「すぐだ。近い」

晶良たちは手早く身支度を調え水で喉を潤し、角砂糖を齧り、立ち上がった。先生との合流というよりも六川村の発見が頭を占め、暮れ始めた東の空も、昨日から今日にかけて溜め込んだ疲労も消し飛んだ。

東京・伯斗

駆け寄ってきた人に、伯斗は抱き起こされた。

「おまえ、何やってたんだ。どれだけ心配したか。おい、しっかりしろ。傷だらけじゃないか」

瞼を開けるとよく知っている顔があった。矢口だ。

「待ってろ、今すぐ救急車を――」

携帯を取り出した矢口の手を摑む。

「ここは、みつかる。ビルに」

切れ切れの声で訴えると切羽詰まった状況であるのは察したらしい。まわりをうかがいながら、矢口は伯斗を立ち上がらせた。引きずるようにして歩き出す。

「三咲さんは？」

「連絡が取れない」

「いつから？」

「昨日の夜から。無事ならいいが……彼女は、な」

矢口は言いよどむ。伯斗の身体から力が抜ける。

「おいおい、しっかりしてくれよ。このまま警察に担ぎ込むぞ」

「警察より、甲府です。早川に」

彼女を疑ったことはなかっただろうか。その言動に違和感を持ったことはなかっただろうか。矢口が飲み込んだ言葉の続きを、自分は知っているのではないか。目をそむけ、気づかぬふりをしていただけではないか。

唇を嚙む代わりに両足に力を入れた。ビルにたどり着き、エレベーターで二階に上がる。編プロのオフィスに倒れ込み、やっとペットボトルの水にありついた。

生き返る。どうやらまだ死なずにすんだらしい。

「ばあちゃんのおかげだ」

矢口が「ん？」と聞き返す。幼なじみと自分とのひと夏の冒険。すべては祖母たちの内緒話から始まった。崖っぷちに追い込まれた孫を知ればどれほど心を痛めるか。とりわけ伯斗の祖母ならば、あの世とやらからきっと見ている。

「おれが助かるなら、それはばあちゃんの……」

「おい。どうした、泣くなよ」

あわてて頭を左右に振る。泣いてなどいない。そんな場合じゃない。言いたいが、口がまわらない。気が遠くなる。


次に目を覚ましたのは白い壁に囲まれた小さな部屋だった。身体を動かすと枕元に置かれた機材が音を立てた。そこからチューブが延びて自分の片腕に繋がっていた。視線をめぐらせれば白いカーテンのかかる腰高の窓もある。病室らしい。運び込まれたのだ。

起き上がろうとして上半身をひねったとたん、肩にも胸にも激痛が走った。気配を聞きつけたのか、看護師がやってきた。

「目が覚めた？　ダメよ、安静にしてなきゃ。ほら、ちゃんと横になって」

「今日は何日ですか。おれ、どれくらい寝てたんですか」

「昨日の夜に緊急入院したのよ。今は午後の三時」

一日ちかく寝ていたらしい。上原はどうした。田中はみつかったのか。三咲は。そして晶良は。

伯斗は自分の身体をまさぐり携帯電話を捜した。枕元にもベッドのサイドテーブルにも見あたらない。上原に奪われたままだと思い出し、畜生と拳を握りしめた。自分の携帯がなければ晶良の番号がわからない。覚えていない。今すぐ連絡を取らなくてはいけないのに。

「おい、起きたのか」

「矢口さん」

「今、看護師さんが知らせに来てくれた。まったくもう、生きた心地がしなかったよ。おれを殺す気か」

「状況はどうなってるんですか。三咲さんとは話ができましたか」

「いいや。彼女は山梨に行ったらしい」

「早川に？」

田中を追って多くの人間がきっと山に入った。あのあたりで連絡のつくところ。少しでも情報が得られるところ。どこだろう。ついこの前、晶良と一緒に訪れた場所。焦る気持ちを抑えて考える。

「温泉旅館だ」

「ん？」

あのあたりに一軒きりの、昔ながらの温泉宿。検索すれば電話番号はすぐわかる。久子さんがいてくれれば少しはスムーズに話もできるだろう。

「矢口さん、携帯を貸してください。早く！」

手を伸ばして矢口の上着を摑む。

「地図もいる。アプリが入ってますよね」

「どこに行く気だ。山梨か。もしかして六川村ってとこか。連中の金を持ち逃げした田中は、早川沿いの山奥を目指したそうだな。みんな血眼になって追っている。おまえの郷里の近くだろ。そこに何がある？　知っていることがあるなら話せ。洗いざらい全部」

「埋蔵金伝説ですよ。ほとんどの人が存在さえも知らない隠れ里。そして今までもこれからも、誰にも探せない」

八章　誰にも探せない

山の中の移動は日没までの時間との戦いだ、というのはお決まりの言葉だが、今度ばかりは敵が他にいる。

晶良は田中と共に茂ったり枯れたりしている藪をかき分けて進み、あたりの物音や草木のざわめきにも神経を尖らせた。うっそうと木々が生い茂る山奥では人など埋もれてしまい、出会いたくても出会えないものだが、武器を持っていると思えば油断は禁物だ。

出会いたいのは先生をはじめとした地元の山狩り隊で、カノコ先輩に送ったメールは伝ったと信じるしかない。六川村を目指す。

急斜面や大岩を回避しながらひたすら西へと移動し、開けたところに出てほっとひと息ついた。雲に沈みかけた太陽の一部が見え、晶良たちは地図を開いた。日付と日没の方角、目印となる標高の高い山を考慮して今の位置を割り出す。

「もっと西だ」

「少し、南に振ろう」

「土砂崩れなどが起きていなければ、村に続く人工の道が残ってないかな」

「さあ。あったらいいな」

田中の方が年上のせいか、晶良よりも慎重な意見を口にする。あらためてルートの確認をしてから身近な足場を点検していると遠くで何か聞こえた。「鳥?」と顔を見合わせる。

また聞こえた。なんだろう。鳥よりも不安定で、獣の咆吼《ほうこう》より高い音だ。気のせいか他の物音も混じる。

「行ってみよう」

西ではなく南だったが、たしかめずにいられなかった。詐欺グループではなく先生の一行かもしれない。這いつくばるようにして斜面を下り、渓流をみつけて遡り、耳を澄ませながら人の気配を探した。

次の瞬間、はっと息をのむ。人の叫び声に近いものが切れ切れに聞こえた。にわかに不穏な空気が流れる。そちらに向かって進み、渓流が流れ落ちる滝壺《たきつぼ》をよけて斜面を上がると、前を行く田中がぴたりと止まった。

振り向いて目配せするので傍らまで這い上る。しばらく何がどうなっているのかわからなかった。渓流の向かい側に崖があり、その上に複数の人影が見える。斜面に突き出すように生えた木にも誰かいるらしい。

目を凝らしている間にも、生々しい悲鳴が聞こえた。女性の声だ。

晶良と田中は慎重に距離を詰めた。

「三咲さんかもしれない」

「捕まったのか」

顔は見えないが、着ているものや声からするとそれしか考えられない。

「逃げようとしてあんなところに？　もっと危ないよ。何やってるんだ」

しがみついている枝や足元の枝が折れたら落ちてしまう。高さは三、四メートルだが下は岩場なのでむき出しの巨岩がごろごろしている。鋭く切り立った岩もある。叩きつけられたらひとたまりもない。頭のよくまわる彼女がなぜあんなところにいるのか。

晶良たちの視線の先で、根元へと引き返すことなく派手な声を上げる。「きゃー」「誰かー」「助けてー」と、渾身《こんしん》の悲鳴だ。

「もしかして、言わされてるんじゃないか？」

田中が眉をひそめて振り返った。

「誰に？」

聞き返したものの、晶良にも察しがついた。木の周りにいる人影はどう見ても先生たちではない。とすれば詐欺グループだろう。彼らはどこかで三咲を捕まえた。でも本来の目的は別にある。横取りされた現金だ。

「あいつら三咲さんを脅して、わざと悲鳴を上げさせているのか？　おれたちを呼び寄せるために」

いやがる彼女を無理やり追い立て、いつ折れるとも知れない木の枝にしがみつかせている。ときどき揺らし、もっと喚《わめ》けと煽《あお》っているのかもしれない。

なんて残酷な。落ちたらただの怪我ではすまない。彼女だってわかっている。命がけの悲鳴になるはずだ。

「どうする？」

冷静な声で問われた。田中は晶良の答えをじっと待つ。手を貸すとの申し出に応じてから、主導権を預けられている形だ。

「三咲さんをこのままにはしておけない」

「あいつらの思う壺《つぼ》だぞ」

「たとえそうでも。うわっ」

三咲を支えていた枝が一本折れ、必死にもがく彼女が見えた。なんとか落ちるのを免れたが事態はさらに逼迫《ひっぱく》する。泣き喚く声が聞こえた。男たちの声がそれにかぶさる。面白がって囃し立てているらしい。嫌悪感と恐怖で悪寒《おかん》が走る。ほんとうに彼女が落ちてしまってもかまわないのだ。

「見殺しにはできない」

「救援部隊が入ってくるだろ。あれだけ派手に騒いでいたら、気づくんじゃないか」

「たぶん、そんなに時間はない」

彼女は足場を失い細い枝にしがみついている。たとえ折れなくても腕の力がいつまで保《も》つのか。

「おれ、あいつらと交渉します。なんとか三咲さんを地面に下ろさせて、注意を引きつける。だから田中さん、なんとか隙を突いて彼女と逃げてもらえませんか？」

「おれが？」

ふたりしかいないのだ。二手に分かれるのがもっとも有効な手段だろう。田中は顔を歪め唇を嚙み、三咲や晶良や傍らの暗がりに視線を走らせてから口を開いた。

「交渉はおれがする。あいつらが捜しているのはおれだ。その方が自然だろう。今おまえが言ったように気を引くから、あとはなんとかしろ」

どちらも難しいのだと実感する。交渉も救出も。話し合う時間はないので、今は行くしかない。晶良は斜面を下りて渓流に出た。浅瀬であり岩場でもあるので、靴やズボンが濡れるのを厭わなければ向こう岸までは渡れる。

途中で足が滑り、腕と脛《すね》を思い切り岩にぶつけた。たったそれだけでも息が止まるほど痛い。四メートルの高さは命取りだ。

渡りきってから懐中電灯を照らして合図を送った。そこからは崖をよじ登る。三咲のしがみついている木も男たちの居場所も次第に見えてくる。高台になっているので夕陽の明るさがまだ残っているのだ。

何度かの悲鳴のあと、「おーい」と声が飛んできた。振り向くと、ついさっきまで自分がいた場所より上流からだ。男たちの方が相変わらず高い位置にいるが、田中は声が届くところまで登ったらしい。

自分が交渉して気を引くと言ったのに嘘はなかった。連中の前に姿を現すのは大きなリスクを伴う。交渉している間にも、下っ端たちがまわり込んでくるだろう。田中を捕らえるために。飛び道具である銃も持っている。距離によっては撃たれてしまう。連中のそばまで忍び寄り、三咲を救出するのも厳しいが、最初に口火を切るのは覚悟も勇気も試される。

だから晶良も自分がやると言い出した。田中はなぜ役割を代わったのか。

高台にいる連中が気づき、大きなライトで縁から照らす。田中だとわかったらしく、いくつもの喚声が上がった。

「おまえらがほしいのはわかっている。金だろ。トランクの隠し場所なら教えてやる。女を下ろせ」

「わかっているなら今すぐここに持ってこい。話はそれからだ」

「その女が保たない。落ちたらおれは何もしない。この山に一年でも二年でもこもってやる。どうする。トランクがほしいなら、いいから女を地面に戻せ」

「指図はやめろ。女を助けたいんだろ」

「勘違いするな。殺されかかっているのを見れば可哀想にもなる。それだけだ。ついさっき会ったばかりで、なんの義理も思い入れもないよ」

男たちが黙り込む。舌打ちしたり唾を吐いたりしているのだろう。晶良は崖をよじ登り、足場の悪さにもたつきながらも暗がりを進んだ。田中が心配だった。今は三咲のことよりも気が揉める。彼のまわりにも忍び寄る者がいるはずだ。逃げてほしい。お互い無事に逃げ延びて六川村をみつけようと、別れる前に約束すればよかった。

高台では野太い声が飛び交っていた。三咲を助ける気になったらしい。田中には「そこから動くな」と命じている。確認するためのライトを当て続けている。ますます焦る。

ようやく高台まで登りきり、男たちの数メートル手前まで近づいた。三咲が地面まで引き戻されたところだった。立っていられないらしくうずくまって震えている。それを横から蹴る男までいる。蹴られても顔を上げる気力さえないらしい。九死に一生を得たかどうかさえ、わからない状況だ。

「女は下ろしてやったよ。まだ生きている。おまえはそこでじっとしていろ。迎えをやったからな。トランクの場所まで案内してもらおうか」

リーダー格が高台から怒鳴った。

「案内してほしいなら、ここまで下りてこいよ。場所はあっちだ」

木々が邪魔をして声しか聞こえないが、田中はおそらく背後を指さしたのだろう。

「向こうに隠したなら、なんでこのあたりをうろうろしていたんだ。おかしいじゃないか。いい加減なことを言うな」

「おれがたどり着きたいのは幻の村だ。そこを目指し歩いている途中だった。トランクは置いてきたんだよ。金なんかいらない。おまえらにくれてやる」

「村？」

「戦国時代の武将が作らせた隠れ里だ。そこに甲斐の黄金が眠っている」

晶良は茂みの中で唇を噛んだ。あそこにいるのは伯斗ではないかと錯覚してしまう。煙に巻くために言っているのだろうが、伯斗ならばいかにも言いそうな台詞だ。

遠い日の懐かしい昼下がりが蘇る。それぞれの祖母が楽しげに語った昔話。タンスから取り出した紙切れ。広げてのぞき込む白髪頭。初めて聞く村の名前。

祖母たちに紙切れをくれたのは、同級生の女の子であり、消息がわからないような口ぶりだった。その子に娘ができて、孫までいると言ったらどれだけ驚くだろう。そして喜ぶにちがいない。田中がほんとうに友だちの孫ならば、自分の祖母に会わせたい。隠れ里の発見に負けず劣らずの奇跡ではないか。

会いたくても会えなくなってしまう人がいる。伯斗の祖母はすでにこの世にいない。生きていればやはり、驚き喜んだだろう。孫三人が並んだら、何よりのおばあちゃん孝行になった。田中の祖母にとっても。

生きて帰らなくては。

晶良の思いとは裏腹に、詐欺グループのリーダーは「知るかよ」と吐き捨てた。

「金がいらないならさっさとよこせ。おれたちは村なんかどうでもいいんだ」

リーダーは田中に言い返すと、仲間に向かって指示を出す。どうやら数人が田中のもとに駆けつけるらしい。そのままトランクを取りに行かせればいいという意見も出た。丸一日慣れない山道を歩きまわり、男たちは疲労困憊《こんぱい》なのだ。再び山道に分け入るより、今の場所で待ちたいというのが本音だろう。

けれどリーダーはうなずかなかった。晶良にはその気持ちもまた透けて見えた。トランクを手にした仲間が持ち逃げすることを危惧《きぐ》している。もとが裏切って横取りした金なのだ。仲間という言葉さえも白々しい。

「あいつらだけに任せておけない。おまえらだってここまで来て、手ぶらでは帰れないだろう。行くぞ。あと少しだ。ついに田中をふん捕まえるんだからな。予定通りじゃないか」

リーダー格は檄《げき》を飛ばし、まわりの男たちに移動を言い放つ。うずくまっている三咲のもとに歩み寄り、足で小突いて立つように言ったが反応はなかった。

「こいつ死んだのか？」

仲間のひとりがやってきてしゃがみ込む。風貌に見覚えがあった。山道で口を利いた、チャラいホスト風の男だ。名前はリュウといったか。

「まだ生きてる。でも気絶したんだな。どうする？　こいつを抱えて山に入るのは無理だ」

「だったらそこから蹴り落とすか。田中には適当に言えばいいだろ」

リュウの口元にぎごちない笑みが浮かぶ。

「わかった。始末しておくよ。おれ、足がやばい。どんどん腫れてきて痛み止めも効かない。ゆっくり追いかけるから先に行ってくれ」

「ふーん」

「ほんとだよ。さっき見ただろ。ひねった拍子に骨がおかしくなったのかもしれない」

「なら、時間がかかってもいいから追いかけてこいよ」

今までの非道っぷりに比べれば、やけにあっさり納得したなと晶良は思った。けれどそうでもないらしい。

「追いかけてこなきゃ、のたれ死ぬだけだぞ」

言いながらリュウの荷物と三咲の所持品をすべて取り上げた。ポケットの中のコンパスも水筒も出させる。

「ついでにあそこの男も始末しとけ。縁まで転がして蹴り落とせばいい。やることやったら追いかけてくるんだな。分け前を手にしろ」

あそこの男？

リーダーが顎《あご》をしゃくった先を見ると、草むらに横たわるものがある。人間なのか。何者だろう。

グループの一行は身支度を調えるなり、のろのろと移動を開始した。渓流の向こうから今までとはちがう声が飛んできた。田中を捕まえたようだ。なぜ逃げなかったのかと、本人に毒づきたい思いがこみ上げる。交渉役を任せておきながら、歯ぎしりするのは身勝手だろうが。

そちらに気を取られつつも、晶良はこっそり草むらへとまわり込んだ。倒れ伏しているのが誰なのかたしかめたい。男たちの動向に注意しながらじりじり近づき、そばまで寄ってハッとした。

羽織っている上着は知らないが、靴に見覚えがあった。あわてて上半身を動かし顔をのぞき込んで声にならない声を上げた。

「吉井！」

生きているのか。それともついに、なのか。手袋を外して指を首筋にあてがうと温かい。ほっとした。と同時に、意識を取り戻したのか吉井の顔が歪み、低い声が漏れた。口をふさごうとしたがその前に瞼が開き、晶良を見て「ん？」と止まる。

次の瞬間、がばりと起き上がり手足をばたつかせ、反転して逃げようとするのを必死に押しとどめた。

「バカ、静かにしろ。おれだよ、おれ。わかるだろ」

「晶良？」

「しーっ。騒ぐな」

草むらはすっかり暗がりに沈んでいる。ライトを向けられないかぎり、男たちからは見えない。かといって暴れたり騒いだりしたら聞こえてしまう。

「なんでおまえがこんなところに倒れているんだよ」

静かにしていなければならないと頭でわかっていても、問いかけずにいられない。

「三咲って女がとんでもないんだよ。おれは最初からわかっていたけれどな」

「どういうこと？」

「おまえはまだ騙されているのか？　あの女、狙っているのは埋蔵金ではなく現金だろ。性悪な詐欺グループが大勢の人から騙し取った大金だ」

「なんで知ってるんだよ」

「詐欺グループの件を、おれが道を探しに行っている間に、おまえにだけこっそり打ち明けてただろ。おれは霧にまぎれてそれを聞いてた」

なんてやつだろう。ぜんぜん気づかなかった。

「聞いたのに、知らないふりをして一緒に昼飯も食べたのか」

「おれをのけ者にしておまえにだけ話すというのが圧倒的に怪しい。様子を見ていたら……」

「昼飯のあと、三咲さんを置いて、おまえはどこかに行ってしまったんだろ？」

チッチッチと、偉そうに人さし指を横に振る。

「森の中に何か見えたと言い出して、あの女がおれを誘い出したんだ。そしてあろうことか、このおれを崖下に突き落としやがった」

まさかとは言えなかった。彼女ならやりかねない。

「打ち所がまあまあよくて、短い時間気を失っているだけで助かった。そのあと詐欺グループの一行に出くわし、しんがりにいた男が逃げたそうにしていたから上着と荷物を交換し、入れ替わった。そいつはおれの上着とリュックで下山していったよ。仲間と言っても偽名で繋がった後ろ暗い間柄だもんな。マスクとサングラスをしていたら誰が誰だかわかんない。みんな慣れない山道でへとへとだ。他人のことなどかまっていられない」

「なんでグループに潜り込もうとしたんだ」

「そいつらが捜しているのは田中だ。目標としては同じだろ」

吉井が入ったのは、晶良が捕まったのとは別のグループだ。そちらはずいぶんゆるかったらしい。まわりの目を盗んで電話をかけたり、メールを送ったりする余裕があったそうだ。けれど別グループと合流してからはみんなぴりぴりして、言動まで変わった。そして彼らなりの山狩りの最中、三咲が捕らえられた。彼女は引っ立てられ、高台まで移動させられた。小突きまわされているうちに、末席でなるべく目立たないように縮こまっている吉井に気づいた。

彼女が騒ぎ立てたせいで吉井は入れ替わりがバレ、慣用句ではなくほんとうに踏んだり蹴ったりの暴行を受けたそうだ。

「なんにも考えてないよ、あの女。黙っていれば助けてやることもできたのに」

多勢に無勢だ。吉井ひとりで救出するのはむずかしかっただろうが、吉井のことをバラしても彼女になんの得もないはずだ。凶暴グループの怒りの矛先をよそに向けたかったのかもしれない。

「それで晶良、おまえがどうしてここに？　おれを助けに来てくれたのか。だよな。やっぱ持つべきものは真の友だ」

話せばこっちも長いよと言ってみたかったが、そばに立つ人の気配に気づいた。

振り向いて目が合う。

「リュウ」

「だよな、おまえ、晶良だっけ」

まわりに男たちはいない。すっかり移動してしまったあとらしい。リュウの顔に戦意は見あたらず、晶良は祈るような気持ちで話しかけた。

「あいつらから離れたんだよな？　もう、一緒には行動しないんだろ」

首が小さく縦に振られる。

「あんときおまえが言ったよな。ぶち殺されるより、遭難の方がましだって。おれもだ」

「足の具合は？　ひねったんだっけ」

「いつから聞いてたんだよ。腫れてるけど、動けないほどでもない」

大げさに訴えて居残りを申し出たらしい。

後ろで聞いていた吉井が起き上がり、会話の間に割り込む。

「君、晶良と知り合いだったの？」

「そうでもないよ。ほんの少し口を利いただけ」

「殴る蹴るには加わらなかったもんな。覚えているよ。おれを一番殴ったのはむだ毛の濃い熊っぽい男だ」

「あんた、怪我は？」

「意外と力のないパンチばかりだった。けしかけられて威勢のいいふりをしても、みんな疲れてるんだろうな。やられる方も倒れて気が遠くなってそれきりだ」

吉井は立ち上がり首を左右に曲げて肩もまわした。まるで昼寝から目覚めたような暢気さだ。それを横目に晶良は自分の水筒をリュウに差し出した。

「おれはあいつらを追いかけなきゃいけない。ここに残って救助を待ってくれないか。彼女はもう動けないだろう。ここならば場所がわかりやすい」

リュウは顔を曇らせながらも水筒を受け取る。彼にとって地元の青年団や警察は関わりたくない相手なのだ。すでに犯罪の片棒を担いでいる。

「迷っている時間はない。ひとりでこの山をうろついてほんとうに遭難してしまうか、この場で三咲さんの面倒を見て救助を待つか。どちらかだよ」

運よく下山できるという可能性は口にしなかった。

「ここにいるよ」

「よかった。助かる。頼んだよ」

「でもあの女の面倒はな。知ってるか？　上原とできていたんだぞ」

驚いて「え？」と聞き返す。三咲は崖寄りの地面に横たわったままだ。ときどき背中が動くので生きているのはまちがいない。

「上原は中島をそそのかして金を盗《と》らせた。最初から横取りするつもりでね。その上原と関係があったんだよ。案外上原も、この女にそそのかされていたのかもな」

晶良は思わず吉井を見た。ふたりで顔を見合わせ、同じようにたじろぐ。

「てっきり奪われた金のことを知って、欲が出たんだと思ってた」

「でも彼女にならたいていの男は手玉に取られるよ」

吉井の言葉に、幼なじみの男が浮かぶ。

「伯斗は大丈夫かな。上原は組織の連中の手で殺されたらしいんだ。三咲さんはそれを知らずに山に入ったんだと思う。途中でさっきのやつらを見かけて青くなっていた」

上原の身に何かあったと気づいたのだろう。リュウもうなずく。

「ＧＰＳを女につけたのは上原だ。自分に疑いがかからないよううまく立ち回り、隙を見て女のあとを追う。金と一緒に逃げるつもりだったんだ。でも幹部だってバカじゃない。中島を締め上げたときに聞き出したんだと思うよ。上原のおかしな動きとか言葉とか。だから、やつのアジトに乗り込んで引っ捕らえた」

「なあ、伯斗っていうのは知らないか？　おれと同じ年の男だ」

リュウは眉を寄せて首をひねる。

「六川村のことをよく知ってる」

「だったら上原が監禁していた男だな」

「監禁？」

もっと聞きたかったが吉井に腕を引っぱられた。指さす方角を見ると、男たちの灯す灯りが高台から下っている。先頭は渓流にたどり着いたらしい。奇声を上げながらのへっぴり腰で浅瀬を渡っている。あれなら見失わずに追いつけそうだ。すぐ行かなくては。

「監禁されてた男って、今どうしている？」

「さあな。でもそいつなら、前から中島にちょっかい出してた。おれ、見たことがあるんだ。一緒のときは愛想よくニコニコしてるのに、別れてすぐ、中島の後ろ姿をすげえ冷たい目で睨みつけたりしてさ。おっかねえの。へんなやつだと思った」

ほんとうに伯斗だろうか。口を利く間柄というのは三咲も言っていたが。裏表あるような態度で接する必要が伯斗にはないだろう。中島が詐欺グループの一味であることは初めからわかっている。バイト先の人たちは個人的な付き合いになることを許していない。どういうつもりで近づいたのか。

晶良が戸惑っている間にも、吉井は交換相手からせしめたリュックを見つけ出し、中身をのぞいて口笛を吹いた。食べ物が残っていたとのことだ。気前よく、飲むゼリーとチョコレートをリュウにも分ける。三人でがつがつ流し込む。

「ぼんやりしてる場合じゃないぜ。行こう、晶良」

「うん。あとのことは頼んだ。あいつらを追いかけるよ」

「死なないようにな」

その言葉が大げさでもなんでもないことを三人はよく知っている。

西の空にわずかばかりの明るさを残して山は暗闇にのまれつつあった。男たちが藪を踏みしめ倒木を撤去してくれたので、細々とした獣道ができている。そこを進むのに加えて、山歩きでは吉井と一番ウマが合う。多少なりとも腹ごしらえができたというのもあり、渓流まではすぐだ。

移動しながら晶良はこれまでのことを吉井に話した。田中をみつけたくだりや晶良自身が詐欺グループに捕まった話は数分ですむが、田中の人となりについては説明もむずかしい。祖母同士が知り合いだったかもしれないと言うと、立ち止まるほど驚く。

「偶然なのか？　なんか、出来すぎだな。やたら出来すぎばっか」

「しょうがないだろ。おれも妙だとは思うよ」

「広い東京で、伯斗くんがたまたま出会ったのが中島で、その中島の舎弟分がたまたま六川村を知る男だった。これさ、逆にしてみたらどうだ？　広い東京で、伯斗くんは六川村の関係者を探していた。あるときやっとみつけた。この方が自然だ。中島に接近した理由にもなる。中島の知り合いに山梨の出身者がいると聞きかじり、詳しい情報を引き出そうとしたんだ」

たしかにと、納得しかかって晶良は唇を嚙む。

「なぜ六川村に関わる人を探していた？　埋蔵金探しじゃないだろ」

「おまえらしからぬ発言だな」

「おれとはちがうんだよ。あいつの場合、おばあちゃんが亡くなってから、埋蔵金の話題を避けるようになった。ついでにおれのこともな。長いことなんの音沙汰《おとさた》もなかったんだ。突然大学に現れるもんだから、心底驚いた」

六川村に行こうと言われたときから、魔法にでもかけられている気分だ。

「埋蔵金でも詐欺グループの金でもないとしたら、他に何がある？」

「わからない。でもすごく特別なものなんだよ」

だからたったひとりで、危険を顧みず、しゃにむに突き進んでいる。

そこに入り込む余地はないのだ。昔も今も。

ため息が出そうになり、苦笑いが浮かんだ。

「なに笑ってるの」

「なんでもない。あいつはあいつだな。おれにはおれで行かなきゃいけないところがある」

沢を渡り、男たちの痕跡をたどりながら分厚い森へと分け入る。開けたところに出て、半ば呆然と立ち尽くした。黒々とした茂みに人工の灯りが列を作って瞬いている。少しずつ移動している。

荘厳な祭事のような、あるいは影絵の世界のような、見ようによっては綺麗な眺めなのにぞっと寒気が走る。

「田中っていうのはどこに行く気だ？　トランクの在処ってのはあっち？」

言いながらとなりにへばりつき、吉井もまた気味悪そうに肩をすぼめる。晶良は首を横に振った。禍々《まがまが》しい眺めから目をそむけてしまいたいけれど、吸い寄せられてしまう。

「田中と会ってからトランクの話はほとんど出なかった。おれたちがしたのは六川村の話だ。その六川村とは逆の方向に向かって歩いている。わざとそうしているのかもしれない」

「わざと？」

「詐欺グループの連中を村から遠ざけ、どこかに連れて行く気だ」

「トランクの場所でもなく？」

うなずいて、視線を暗闇へと戻す。

「冷静に考えれば、トランクは田中の姿を初めて見かけた付近にあるはずだ。今向かっている方角とかけ離れている。なあ吉井、昔話になかったっけ。誰かが笛を吹いて大勢の人間を連れ去ってしまう話」

「ああ、聞いたことある。絵も浮かぶよ。絵本だったんだな。でも日本の話じゃないだろ。なんとかの笛吹き」

「ハーメルンだ。ハーメルンの笛吹き男」

大量のネズミが発生し困った村があり、駆除してくれたらお礼を出すと約束した。けれど笛使いがみごと成功すると出し渋り約束を守らなかった。怒った笛使いは再び笛を吹く。すると家々から子どもが出てきてついていってしまう。二度と村には帰らなかった。

今、晶良の目に映るのは、笛の音色ならぬ大金に踊らされた人々が作る、懐中電灯の列だ。大勢の人々から騙し取った罪深い金と知りながら、己の欲に引きずられ歩き続ける。関わった人間の中には命を奪われた者もいる。ついさっきもひどい暴力が振るわれたばかりだ。血で汚れた手で草をかき分け、命乞いを嗤った口で荒い息をつき、ひたすら前へと進む。

田中は先頭に立ち、山の奥へ奥へと誘いながら何を考えているのか。晶良には彼が漏らした自暴自棄のセリフが思い出されて仕方ない。

「あいつを止めよう。あいつは詐欺グループの一行を道連れにして何かしでかす気だ。それが何かはわからないけど、まともなことじゃないよ。おれには、この山でのたれ死んでもかまわないというようなことを言っていた」

「物騒だな」

列は乱れずに粛々と進んでいる。田中の腹が決まっているからだろう。逃げ道を探そうとしていない。

晶良と吉井は再び茂みに入った。十分も行かないうちにうめき声が聞こえてきた。斜面の下の方からだ。迷ったけれども無視するわけにもいかない。荷物からロープを出し、しっかりとした木の幹に結んでから下りていく。「おーい」という呼びかけに「助けてくれ」と返ってきた。声のする方に近づいていくと、頭から血をしたたらせた男が倒木にもたれかかっていた。

足を踏み外して斜面を滑り落ち、岩や木に当たったらしい。頭部の他に脇腹にも深傷を負っていた。場所を作って少しでも楽なように横たえてやるが、それくらいしかできない。

「助けてくれよ。置いていくなよ。こんなところで死にたくない。帰りたい」

「さっき、女を殺そうとしてただろ」

「おれじゃない。可哀想だと思っていたよ。なあ、血が出てるんだよ。止まらなきゃ死ぬんじゃないか。痛いよ」

男は晶良にすがりつくが渾身の力を振るっても、弱々しく指が震えるだけだ。

「助けを呼んでくる。ここで待ってろ」

「やだよ。ひとりにしないでくれ」

「仲間はどうした。落ちたのに気づかなかったのか？」

「気づいたさ。ここよりもっと上に引っかかった。大声で助けを呼んだ。足を止めておれの方を向いたんだ。ひとりじゃない。何人もだ。けどみんな、何も言わずに行っちまった」

そもそも義理人情に乏しい連中だが、人にかまう余裕がまったくないのだ。離れたところから見れば光が瞬くだけの静かな行進だったが、じっさいはおぼつかない足取りでさまよう遭難者の一行だ。

引き留める男を振り切り、大人しく待つよう言ってもとの場所に這い戻った。吉井が声音を変えて言う。顔つきも変えているのだろうがよく見えない。

「脱落者はぼろぼろ出ているんじゃないか？　こんなところではぐれたり、置き去りにされたらひとたまりもないぞ」

「ああ。山に不慣れで装備も不十分だ」

田中はそうなるように仕向けているのかもしれない。最後のひとりになるまで歩き続けるつもりか。田中自身が倒れたとしても、男たちは途方に暮れるばかりだ。ここは容易には出ることのできない魔窟だ。

木の枝に引っかかっている帽子をみつけ、それをたよりにまた進んだ。二十分ほどで動かない灯りに気づいた。歩み寄ると座り込んだまま意識をなくしている。怪我はないようなので疲労の限界を超えたのだろう。荷物は誰にも荒らされていない。後れを取った揚げ句のフェイドアウトか。

リュックから衣類を出して包んでやり、少しでも雨露のしのげそうな場所に移動させた。これから先は気温の低下が一番の敵だ。救助隊が気づくよう、近くの木に裂いた布きれを巻きつけた。最初にこれをやったのは塚本さんの亡骸をみつけたときだ。

そこからさらにふたりの脱落者に遭遇した。揺さぶると「もうダメだ」と首を横に振る。

高台で三咲をいたぶっていたときが、気力や体力のある最後だったらしい。渓流に下り、日が暮れたのにさらなる奥地に入る。歩いても歩いても先が見えず悪路が続く。疲労感がどっと増し、精神的にも追い詰められる。一度止まったらもう動けず、まったくの行き倒れ状態だ。

さっきと同じように荷物から衣類を出してくるみ、木の根の陰に押し込んだ。近くの枝に目印を巻きつける。

「こんなやつら、死んじまった方が世のためなんだろうけどな」

「おまえを殴ったやつもいる？」

「さっきのは見覚えがある」

「裁くのは他に任せよう。警察なのか、神さまなのか」

晶良の言葉に吉井は笑った。同じ言葉を田中にも言ってやりたい。あんたが罪を被らなくてもいいのだと。

足元が見えないほどの暗闇がいつの間にか薄れ、懐中電灯を当てなくても吉井の表情が見えるようになった。木々の間隔が空き、見上げると夜空に月が出ていた。

ふたりは思い切って「おーい」と声を張り上げた。何度目かで、揺れる灯りが見えた。近寄ると男が数人、地面にへたり込んでいた。そこには例の無慈悲なリーダーもいた。警戒しながらそばまで寄ったが、この男にしても息をしているのがやっとの状態だ。起き上がる気配もない。

瞼を開け、目の玉だけを動かす。晶良と吉井を見比べ「おまえらか」と喘《あえ》ぐように言う。

「少し休んだらまだまだ動ける。こんなところでくたばらねえよ」

減らず口は叩けるらしい。懐中電灯を振ったのは別の男だった。晶良にも見覚えがある。山道で後ろについてきた大柄男にして、吉井をさんざん殴りつけた熊男だ。こちらもがくりと肩を落としうつろな目で見返すだけ。意識が朦朧としているらしい。

とりあえず命に別状がないようなのでほうっておいて、晶良と吉井は田中を捜した。ほどなく岩の上でみつかる。よじ登り古木にもたれかかったところで力尽きたらしい。彼が顔を向けている方角を見て晶良は胸が詰まった。偶然だろうか、わかってのことだろうか。月の位置から考えて、六川村の方角ではないか。

晶良はしゃがみ込み、片膝をついて肩に手を置いた。まだ息がある。吉井がすかさず水をよこした。首の後ろに手を入れて口に含ませた。最初はむせるだけだったが身体が欲しているのだろう、喉が動いて飲み込む。呼びかけると目が開く。

「大丈夫ですか。おれのこと、わかりますか」

睫《まつげ》がかすかに動く。

「なんでこんなところまで来るんですか。追いかけるの、大変でしたよ」

「おまえは……」

唇を震わせ、目を閉じる。

「村に行け。ここは亡者どもの墓場だ」

「あなたの墓場ではないでしょう？」

頭が左右に振られた。

「おれはひどいことをした。まだ十いくつの頃だ。詐欺の片棒を担いだ。片っ端から電話をかけて息子を装って金を振り込ませる。今、こいつらがしているのと同じだよ。あるとき」

言葉を切って息をつく。

「あるとき、電話にすごく優しそうな声の人が出た。おれがもうダメだと言うと本気で心配してくれるんだ。仕事でうまくいかなくなっている息子がほんとうにいたらしい。調子を合わせていたら、金を振り込んでくれると言う。おれにとって初めてのアタリだった。心臓をバクバクさせていると、相手の人は少し笑った声で、こんなとき埋蔵金がみつかればねえって。『昔、話したことがあるでしょう？　早川沿いの山の奥にあった隠れ里』と。おれはとっさに『六川村のこと？』と聞き返した。あの人はそれで信用してしまったんだ。息子にまちがいないと」

話を聞いていた晶良の脳裏に、伯斗の顔が浮かんだ。亡くなった伯斗の祖母、キクちゃんこと桂木菊子の面影もよぎる。心拍数が跳ね上がる。

「電話の相手はほんとうに、おれの言った口座に金を振り込んでくれた」

伯斗の父親の設計事務所が経営難に陥ったのは、伯斗が小学生の頃だ。まわりの援助を受けて持ち直したが、あの裏で人知れず、実家が詐欺に遭うという不運に見舞われていたのかもしれない。伯斗の祖母は息子を助けようとして大金を奪われた。どれほど心を痛めただろう。自分を責めただろう。

直後に身体を壊して急死したならば、それが原因と思って不思議はない。

そして電話でのやりとりを伯斗が知れば、六川村は別の意味を持つ。祖母を騙し、死に追いやった詐欺犯を見つけ出す上での重要な手がかりだ。

東京に出てからも、相手が未だに詐欺を働いていると睨み、そういったグループを調べようとした。仕事として調査している編プロの存在も知り、学生バイトとして潜り込んだ。

「田中さん、ひとつだけ教えてください。今の口ぶりでは後悔しているようなのに、なぜ足を洗わなかったんですか」

「洗ったさ。最初に入っていたグループは山梨県内の電話番号リストを持っていて、おれが山梨出身だとわかって仲間に引き込んだ。そこを抜け出してからは、これでも真面目に細々と働いていた。でも単車のひき逃げ事故に遭い、どうにも首がまわらなくなった。助けてくれたのは昔なじみの中島さんだ。相変わらず詐欺に関わっていた」

やめるようには言ったものの、自分は事故の後遺症でときどき激しい頭痛に襲われる。まともに働けない。借りた病院代はいつまで経っても返せず、アパート代や飯代など世話になる一方だ。

中島との関係はずるずる続き、あるとき組織の金を持ち逃げすると打ち明けられた。

「もっとしっかり止めなきゃいけなかった。何がなんでも思い留まらせるべきだった。でも次に会ったときにはもうやったあとで、トランクを押しつけられた。おまえが前に話していた無人の村に隠せと」

六川村のことだ。田中は膝を胸に抱え、こみ上げるものを何度かやり過ごしてから晶良に尋ねた。

「それで中島さんは？　今どうしている？」

晶良は首を横に振った。通じたらしい。田中は手のひらで顔を覆い、喉を鳴らした。細く尾を引く悲鳴のような泣き声だった。

「行ってくれ。おれのことは見なかったことにしてくれ。下の連中もこのままでいい。決して自分のものにはならない宝の山を、死んだあとまでも探し続ければいい」

多くのものを投げ出し、言い伝えの残る山に分け入った人々は、田中の言葉通り、誰も宝にたどり着かなかった。命を亡くしてなお、あきらめきれずにそこかしこでさまよっているのかもしれない。数百年にわたり、探索と失望はくり返される。田中の父親もそのひとりだ。

「探せないものもあるけれど、みつけられるものもあります。おれの幼なじみ、六川村を一緒に探した友だちに会ってください。桂木伯斗っていうんです。おばあさんがおれのばあちゃんの友だちで、きっと田中さんのおばあさんとも友だちだ。九年前、肺炎を悪化させて亡くなりました。あいつはおばあさんに振り込め詐欺の電話をかけてきた男を、探しているんだと思う」

顔を覆っていた田中の手が離れる。視線が晶良へと向けられる。

「田中さん、あなたは謝る相手を探していたんじゃないですか？　重いトランクを引きずって村を目指したのは、謝れないでいる自分への戒めじゃないですか？　あなたが今ここで死んだら、伯斗はこれからもずっと、謝ってくれる相手を探し続けなきゃいけない。それはやめにしてほしい」

言いながら伯斗の気持ちが少しだけわかった。祖母のことを打ち明けられなかったのは、お互いに幼すぎたというのもあるだろう。小学生だったのだ。簡単には触れられない重い出来事だった。

もうひとつ、年がいってからは詐欺グループの非道ぶりに理解が及ぶ。幼なじみを巻き込みたくないと思ったのかもしれない。

「あいつと、あいつの家族に謝るために、生き延びてくれませんか」

田中は唇を噛んだ。けれどうなずくまでの時間は短かった。

やりとりを聞いていた吉井がやけに威勢のいい声を上げる。

「そうと決まったら、下のやつら、ふん捕まえておこう！」

「もうくたばっているだろ」

「甘い。だからおまえは甘いんだよ。油断して寝首を掻《か》かれたらシャレになんねえぞ。伸びている間にやることとやっておこう。晩飯はそれからだ」

食べるらしい。食料はあるのだろうか。

田中に飲むゼリーを渡し、最後の一袋は晶良と吉井で争いながらも分け合い、連中のもとへと下りた。


その夜は、斜面にみつけた洞《ほら》に吉井や田中と共に潜り込んだ。男三人で身を寄せ合い、夜の底冷えをしのいだ。ある程度は深い眠りも得られた。

夜明け前、真っ暗な中で起き出すと吉井もついてきた。

男たちは前日数えたのと同じく七人いて、動いた形跡はほとんどなかった。冷えきっていたが息はあったので安堵する。点検を終えると田中のもとに戻り、ここで待つように声をかけて吉井とふたりで出発した。

空が白んでからは移動しやすくなり、携帯の電波が届くところをみつけてメールや留守電を受信した。

連絡を取りたい人は何人も浮かぶが、もっとも優先すべきは国分先生のメッセージだった。期待通り山中深くに分け入り寝泊まりしていた。電話をすると繋がり、わかる範囲での現在地を伝えた。

合流できたのはそれから二時間後のことだった。互いに白い歯を見せ合い、腕や肩を叩いて荒っぽく再会の喜びに浸りつつも、先生からはしっかり怒られた。約束を破って無茶をしたこと。途中で送られてきたメールの意味がわからなかったこと。

「鳥見村がどこにあるのか、正確な位置がわからんだろ、このボケ！」

「え、そうなんですか？」

「くう。口惜しい。腹立つ。わからないというのがどれほどの屈辱か、いつか百倍にして返してやる」

先生の知り得る範囲で、過去の資料のどこにも「鳥見村」の記述はなかったらしい。あくまでも先生個人の調査範囲内ではだ。

「メールの意味はわかる。君の言ってる和歌の解釈も理解できた。でも肝心の、三角の点の位置があやふやなんだよ、このボケ！」

どうやら、いい年しての八つ当たりらしい。

「わからないながらも、ここまで来てくれたんですか」

「おれの力量のなせる業《わざ》と言いたいところだが、君のもうひとりの相棒が教えてくれた」

何かを考えるより先に手が動き、先生の上着を摑んでいた。

「伯斗ですか？　ですよね。あいつはどうしているんですか」

「地図アプリに印をつけたものを、携帯から送ってくれた。鳥見村はここだという印だ。気の利くやつだな」

「どこから？」

「さあ。詳しいことまではわからない。君の相棒ってのは最近、畑湯の旅館に泊まったんだろ。こっちの様子が知りたくて電話をかけたらしい。あそこの久子さんってのがまた頭のまわる人でね。おれと連絡がつくよう間に入ってくれた」

「あいつ、無事なんですね」

たちまち目の奥が熱くなる。なだめるような顔で先生はうなずいた。

「だと思う。しかも、和歌の解釈で君と同じことを考えていた。鳥見村の所在地を添えてくれた点は、君よりずっと優秀だな」

携帯の電池は切れているので先生のをもぎ取るようにして借りた。その場で電話をかけたが、電波の状態が悪いらしく繋がらない。

もうひと働きしろと肩を叩かれた。先生の話によれば、夜明けを待って本格的な山狩りに入り、警察も大々的に動き始めたそうだ。晶良と吉井は先生の一行から食料を分けてもらい、昼過ぎまで遭難者の探索に協力した。

リュウと三咲も発見された。三咲の容体が一刻を争う状況だとわかり、ドクターヘリによって病院へと運ばれた。山中では塚本さんの亡骸もみつかり、家族が駆けつけたという。

詐欺グループの一行はひとりずつ身柄を確保される形で捕らえられ、体力の回復を待って、警察と共に下山することになった。上原に暴行を加えている動画も警察の手に渡ったらしい。晶良が見せられたあれだ。持ち出された現金の詰まったトランクも、田中の証言をもとに近い将来、必ずみつけられる。

晶良と吉井が県道三十七号の見える場所まで戻ったのは、午後三時をまわったところだった。早川の支流に沿って歩いていると、カノコ先輩が転がるようにして駆け寄ってきた。よかったよかったと言って泣き出す。下界に帰れたことを実感し、晶良もさすがにぐっときた。

「和歌の解釈、すごかった。感動した」

「あれを見せてくれたカノコ先輩のおかげですよ。村の場所まで近づけたんですけれど、今回はたどり着けなくて」

「無事の方がずっとだいじよ」

きっぱり言い切られ、また胸がいっぱいになる。今ならばその気持ちがとてもよくわかる。命を亡くした人が何人もいるのだ。

「叔父さんはどうしちゃったのかしら。行方不明の人を捜しているならまだしも、村探しに切り替えたなら許さない。晶良くんたちと一緒に戻ってきてと、しつこく念を押したのよ。なんか言ってた？」

診療所にいるときよりもずっと生き生きとして元気そうだった。おれはまだ手伝っていくからと言って晶良たちを見送った。その前のひと言、おまえらは帰らなきゃな、というのが今も引っかかる。

助けてもらったのはほんとうだし貴重な食料も分けてくれた。がっついて食べたアンドーナッツとドライマンゴーを思い出すと黒い発言はしにくい。けれども。けれども。

曖昧な顔で歩き出すと、県道の路肩から下りてくる人影が見えた。ふたりいて、ひとりは足元がおぼつかない。もうひとりに手を貸してもらい、支えられながら下りてくる。そしてこちらを見て、大きく手を振る。

「伯斗……」

本物だろうか。河原に下り立ってよろける姿を見て、晶良は駆け出した。怪我をしているのだ。頭にも腕にも足にも包帯が巻かれている。

「東京で何やってたんだよ。大丈夫なのか」

「おまえこそ、無事だったんだな」

「こっちのセリフだって」

夢中で駆け寄り、痛々しい姿を支えた。一緒にいるのがバイト先の上司、矢口らしい。どうしても早川に行くと言って聞かなかったそうだ。

「伯斗、今度ちゃんと話してくれよ。おまえに何があったのか。考えたことや思ったことも」

「うん」

「嫌われたのかと本気で思ってた」

「ちがうよ」

三咲の話は耳に入ったのだろうか。彼女は大きく伯斗を傷つけることだろう。危惧したが、伯斗は目を潤ませながらもにっこり笑った。

「おまえが無事でほんとうによかった。ばあちゃんのおかげだ」

聞き返す顔をすると洟《はな》をすすって言う。

「いいことがあったら、ばあちゃんのおかげだと思うようにしているんだ」

「そうか」

きっとそうだなと晶良はうなずいた。

田中が生きて還れるのも、亡くなった伯斗の祖母のおかげだ。それにより孫の伯斗は自分を縛りつけるものから解放される。またいつか、この山を一緒に歩けるようになる。

「晶良?」

目を瞬き、負けずに笑みを浮かべてみせる。

「おまえが鳥見村の地図を送った相手、誰だかわかってる? 国分寺さんだよ」

「かもしれないと思ったんだ。久子さんが、昔から埋蔵金探しに目の色を変えている国分先生って言ってたから。名前も似てるし」

「六川村発見を先んじられそうで、今ちょっと口惜しい」

「それはまずいな。頑張って早く治すよ」

夢のような言葉だ。思わず片手を振り上げた。ハイタッチがしたくなって。

気づいた伯斗が包帯の巻かれていない右手を上げた。そこに割り込む腕があった。

「おれも入れて。っていうか、すでに仲間でしょう。よろしくね、伯斗くん」

もう一本、細い手も伸びてきた。

「私も。今度は連れて行ってね。叔父さんの鼻を明かしてやる」

季節は秋。甲州の山々は間もなく厚い雪に覆われる。伝説の黄金も、それを守るとされる隠れ里も、今よりもっと人々の手から離れる。でも半年後、季節は巡り地表から雪が消える日が必ずやってくる。枯れ葉の降りつもった地面に新芽が芽吹く。

そのときこそ。

晶良は振り返り、怒濤《どとう》の三日間を過ごした山へと視線を向けた。子どもの頃、宝探しに胸を躍らせた場所でもある。見果てぬ夢はまだ続いている。未だに手招きされているように思えてならない。

たとえ先生がそれらしいものをみつけても、この秋はそこ止まり。本番はやはり来春だ。

確信が気持ちよくふくらみ、晶良は三人に向かって親指を立てた。

解説

香山二三郎

宝探しと聞くと、エイホホ、エイホホーという男たちの掛け声が耳に響いてくる。

一九六〇年代の人気人形劇『ひょっこりひょうたん島』の一章「海賊キッドの宝」のひとコマだ。世界中の海を漂流するひょうたん島に海賊キッドの宝が眠っていることがわかり、海賊たちが探しにやってくる。島の住人たちが見守る中、一行は宝を掘り出そうとするが、そのとき唄われるのが先の掛け声から始まる「宝探しの歌」。実はその歌詞が宝の在り処を示唆しているのがミソなのだが、それはさておき、六〇年代にテレビの前に釘づけになっていたおかげで歌詞が焼き付いてしまったのは筆者だけではないだろう。

ミステリー小説のレビュアーとしては内心忸怩《じくじ》たるものがある。何しろ宝探しを扱ったミステリーといえば、江戸川乱歩のデビュー作「二銭銅貨」からしてそうなのだ。主人公たちが偶然手にした二銭銅貨に南無阿弥陀仏の文言を使った暗号が隠されているのを見つけ、それを解き明かして泥棒が隠した大金を手に入れるのだが……という話。いや、それをいうなら、ロバート・ルイス・スティーブンソンの名作古典『宝島』をまず挙げずばなるまいか。

こちらはコナン・ドイルのシャーロック・ホームズものとほぼ同時期に発表された海賊もので、海辺の宿で働く少年ジム・ホーキンズが孤島に海賊の宝が隠されているのを知り、仲間とともにそれを探しに出るが、やがて争奪戦に巻き込まれるというあまりに有名な話だ。宝探しものというと、即冒険小説のジャンルだと思われがちだが、地図や暗号の解読という謎解きの妙も凝らされていたりする。その意味では、ミステリーの原点的なジャンルのひとつともいうべきか。

もちろん宝は孤島にだけあるとは限らない。山の中にだって眠っている。その代表格が埋蔵金である。時の権力者が貯め込んだ大金を人手に渡すまいと山深い場所に秘匿する――。本書はそうした埋蔵金探しを読みどころにした冒険ミステリーだ。雑誌「GINGER L.」（幻冬舎）vol.11〜vol.16に連載後、二〇一六年二月に幻冬舎から刊行された（連載・単行本タイトル「誰にも探せない」）。

桂木伯斗は東京の大学生。街中で知り合いの中島を見つけて声をかけると、中島はやつれた様子でやばいことになっているという。何かを横取りしたらしく、危険な連中に追われていた。彼は横取りしたものを仲間に託し、誰も知らない場所に行かせたらしいのだが……。

翌日、山梨県甲府市の大学に通う坂上晶良のもとに訪問者がやってくる。幼なじみの桂木伯斗だった。伯斗は晶良が大学の郷土史研究会で埋蔵金調査に入れ込んでいるのを知り、急ぎの用事があって里帰りしたという。彼の目当ては六川村だった。

伯斗と晶良は互いの祖母同士が幼友だちで、よちよち歩きの頃からのつき合い。幼稚園は別々だったが、小学校で一緒になってからはふつうに気の合う友だちとして遊ぶようになった。そんな小学五年生のある日、ふたりは祖母たちの会話を襖越しに聞く。祖母たちには幼時、春美という友だちがいたが、その子の出身が六川村で、そこには武田家の財宝が眠っているという話が伝わっていた。実際六川村には電気も通じておらず、江戸時代のような生活ぶりだったらしい。村には村の掟があり、外と関わることも厳しく禁じられていた。まさに隠れ里そのものだ。祖母たちは春美から村の地図も貰ったらしく、それを聞いた伯斗たちを夢中にさせた。だが、あるとき伯斗が「やめた」のひと言で手を引いたため、ふたりの埋蔵金追求は終わる。晶良が再び埋蔵金に熱を入れ始めたのは大学に埋蔵金調査に特化したサークルがあるのを知ったからだが、伯斗とは長い間音信不通になっていた。

伯斗は編集プロダクションでアルバイトをしており、そこで扱っていたネタのひとつに埋蔵金伝説があった。そんなとき、前々から問題を起こしているグループが武田の隠し金に目をつけ、六川村に的を絞ったらしいという噂を耳にする。何とかして奴らより先に宝を見つけなければと決心した彼は晶良に泣きついたという次第。かくして翌日、ふたりは小学生時代に何度も探訪した身延の山奥に再び足を踏み入れることになる。

埋蔵金伝説は日本各地にある。「国内に絞って言えば、もっとも有名なのは徳川幕府の埋蔵金」。大政奉還後、江戸城には財宝はほとんど残されていなかった。幕末の勘定奉行・小栗上野介が赤城山近辺のどこかに隠したともいわれる推定四〇〇万両のお宝だ。その他にも、平泉の結城家の財宝、佐渡の金山奉行・大久保長安が隠した財宝、そして同じく金山に恵まれた山梨県の黄金伝説——中でも有名なのが、武田信玄を支えた財宝だ。しかしそうした埋蔵金伝説には六川村という名前は出てこない。伯斗たちは自らの足で探すほかなく、小学生時代に文字通り命がけの探索を試みるも成果なし。それ以来の探索だけに今度こそはという意気込みのふたり。

九年前に見つけた廃村で手がかりのようなものを得たのち、六川村は穴山梅雪の隠れ里だったらしいという説が飛び出す辺りから、俄然お宝探しっぽい展開となる。晶良は武田家の家臣・穴山梅雪が詠んだといわれる和歌からヒントを得ようとするのだが、著者はそこで一旦話を切断。中島の身に何かあったらしく、電話を受けた伯斗が帰京したまま行方をくらましてしまうのだ。やがて、山中で怪我人が発見され早川町の診療所にかつぎ込まれる。発見されたのは隠れ里とおぼしき場所の近辺。だがその怪我人も行方をくらましたことから、晶良は大学のトレッキング同好会の友人・吉井とともに怪我人探しに出ることになる。

中盤以降は晶良たちの怪我人探しと、「東京・伯斗」の章とが交互に描かれていくが、本書を伯斗と晶良の相棒小説だと思われた方々にとっては、ちょっと変則的な展開といえようか。伯斗は伯斗でトンデモない目にあうのだが、山中で窮地に陥る晶良も、離れ離れになっていても互いのことを気遣う。いわば離れ離れになることで新たな絆を固めるわけで、その辺の友情演出がいいし、サスペンス&アクション演出も堂に入っている。

著者は書店員の経験を生かしたデビュー作『配達赤ずきん』以降、「日常の謎」系のミステリーを軸に幅広い作風を展開させてきたが、こういうのもありだったんだ。しかし読み手としては、幼い頃から前出のスティーブンソンの『宝島』やジュール・ヴェルヌの『十五少年漂流記』等の冒険ものに親しんできたといい、大人になってからは大藪春彦やクライブ・カッスラー等のアクションものにもハマったとの由。してみると、冒険アクションの世界にも免疫があるというか、いつ男流活劇に手を染めても不思議はなかった。

本書ももともとは女子高生が次々と危難に巻き込まれる『キミは知らない』（幻冬舎文庫既刊）の次作として企画が持ち上がったとき、今度は男子学生を主人公にしようというところから詰めていったとのことで、男っぽい話作りにも納得。実際、ただ幼なじみが再会して宝を探して回るだけでは詰まらない話になっていたに違いない。いや、それにしても後半の監禁サスペンス＋山岳アクション演出はまさにハラハラドキドキの出来映え。対自然サバイバルのみならず、武装集団との対決も繰り広げられるとは思いも寄らなかった。著者は横溝正史にハマった時期もあったらしいが、埋蔵金探しとなれば、横溝の代表作たるあの伝奇長篇の大崎版も期待したくなる。著者には、今後も冒険アクション系の世界を拡充していっていただきたいと思う。

――コラムニスト

この作品は二〇一六年二月小社より刊行された『誰にも探せない』を改題し、加筆・修正したものです。

宝《たから》の地図《ちず》をみつけたら

大崎梢《おおさきこずえ》

平成31年4月10日　初版発行

発行人――石原正康
編集人――高部真人
発行所――株式会社幻冬舎
〒151-0051東京都渋谷区千駄ヶ谷4-9-7
電話　03(5411)6222(営業)
　　　03(5411)6211(編集)
　　振替00120-8-767643
印刷・製本―株式会社　光邦
装丁者――高橋雅之

検印廃止
万一、落丁乱丁のある場合は送料小社負担でお取替致します。小社宛にお送り下さい。

幻冬舎文庫

ISBN978-4-344-42850-8　C0193　お-41-2

幻冬舎ホームページアドレス　http://www.gentosha.co.jp/
この本に関するご意見・ご感想をメールでお寄せいただく場合は、
comment@gentosha.co.jpまで。